Editionen für den Literaturunterricht
Herausgeber: Dietrich Steinbach

Raymond Chandler

›Zielscheibe‹ ›Heißer Wind‹

mit Materialien

Ausgewählt und eingeleitet
von Eckhard Finckh

W0338210

Ernst Klett Stuttgart

[ ] Vom Herausgeber eingesetzte Titel und Ergänzungen im Materialienteil ab Seite 150
* Vom Herausgeber eingesetzte Fußnoten

›Heißer Wind‹ beginnt auf Seite 54

1. Auflage 1[5] 4 3 2 1 | 1983 82 81 80 79

Alle Drucke dieser Auflage können im Unterricht nebeneinander verwendet werden. Die letzte Zahl bezeichnet das Jahr dieses Druckes.
© by Ullstein, Frankfurt a. M., Berlin, Wien 1978 für ›Heißer Wind‹ und 1969 für ›Zielscheibe‹.
Lizenzausgabe mit freundlicher Genehmigung des Verlags Ullstein GmbH, Frankfurt a. M., Berlin, Wien.
Der Abdruck ›Heißer Wind‹ folgt der Ausgabe Raymond Chandler: Gefahr ist mein Geschäft. Kriminalstories. Übersetzt von Wilm W. Elwenspoek. Ullstein Buch Nr. 773, S. 57 – 104. Der Abdruck ›Zielscheibe‹ folgt der Ausgabe Raymond Chandler: Mord in der Salbeischlucht. Drei Kriminalstories. Übersetzt von Wilm W. Elwenspoek, Ullstein Buch Nr. 1239, S. 13 – 52.
Materialien: © Ernst Klett, Stuttgart 1979. Nach dem Urheberrechtsgesetz vom 9. September 1965 i. d. F. vom 10. November 1972 ist die Vervielfältigung oder Übertragung urheberrechtlich geschützter Werke, also auch der Texte dieses Materialienteils, nicht gestattet. Dieses Verbot erstreckt sich auch auf die Vervielfältigung für Zwecke der Unterrichtsgestaltung – mit Ausnahme der in den §§ 53, 54 URG ausdrücklich genannten Sonderfälle –, wenn nicht die Einwilligung des Verlages vorher eingeholt wurde. Im Einzelfall muß über die Zahlung einer Gebühr für die Nutzung fremden geistigen Eigentums entschieden werden. Als Vervielfältigungen gelten alle Verfahren einschließlich der Fotokopie, der Übertragung auf Matrizen, die Speicherung auf Bändern, Platten, Transparenten oder anderen Medien.
Umschlag: Zembsch' Werkstatt, München.
Fotosatz: Ernst Klett, Stuttgart.
Druck: Wachterdruck, Bönnigheim.
ISBN 3-12-351700-4

Zielscheibe

Das erstemal, als ich Larry Batzel sah, saß er betrunken in einem Rolls-Royce aus zweiter Hand vor Sardi. Bei ihm war eine große Blondine mit Augen, die man nicht so leicht vergaß. Ich half ihr dabei, ihn zu überreden, den Platz am Steuer zu räumen, damit sie fahren konnte.

Als ich ihn das zweitemal sah, hatte er weder einen Rolls-Royce noch eine Blondine, noch die kleinste Rolle beim Film. Alles, was er hatte, war das heulende Elend und ein Anzug, der gebügelt werden mußte. Aber er erinnerte sich an mich. Er gehörte zu dieser Sorte Betrunkener.

Ich bezahlte genug Drinks für ihn, um ihn wieder auf die Beine zu bringen, und überließ ihm die Hälfte meiner Zigaretten. Von Zeit zu Zeit sah ich ihn dann »zwischen zwei Filmen« wieder und fing an ihm Geld zu leihen. Warum, weiß ich eigentlich nicht. Er war ein großer gutaussehender Bulle mit den Augen einer Kuh und etwas Unschuldigem und Ehrlichem darin. Etwas, das ich in meinem Beruf nicht oft finde.

Das Komische daran war, daß er vor der Aufhebung der Prohibition Alkoholschmuggler für eine ziemlich harte Bande gewesen war. Beim Film brachte er es nie zu etwas, und nach einer Weile verlor ich ihn aus den Augen.

Dann bekam ich eines Tages aus heiterem Himmel einen Scheck über alles, was er mir schuldete, mit der Nachricht, daß er an den Tischen – Spieltischen, nicht Speisetischen – im ›Dardanella Club‹ arbeite, und ich solle ihn besuchen kommen. So erfuhr ich, daß er wieder Anschluß bei der Unterwelt gefunden hatte.

Ich besuchte ihn nicht, erfuhr aber auf irgendeine Weise, daß das Lokal Joe Mesarvey gehörte und daß Joe Mesarvey mit der Blondine verheiratet war, der Frau, die Larry Batzel damals bei sich im Rolls-Royce gehabt hatte. Trotzdem fuhr ich nicht zu ihm hinaus.

Dann stand sehr früh eines Morgens eine verschwommene Gestalt neben meinem Bett, zwischen mir und den Fenstern. Die Sonnenblenden waren heruntergezogen worden. Das mußte mich geweckt haben. Die Gestalt war groß und hatte eine Waffe in der Hand.

Ich wälzte mich herum und rieb mir die Augen.

»Na schön«, sagte ich mürrisch, »in meiner Hose stecken zwölf Dollar, und meine Armbanduhr kostet siebenundzwanzig fünfzig. Dafür kriegen Sie gar nichts.«

Die Gestalt ging zum Fenster, zog die Sonnenblende einen Zoll beiseite und sah auf die Straße hinunter. Als sie sich wieder umdrehte, erkannte ich Larry Batzel.

Sein Gesicht war angespannt, erschöpft und unrasiert. Er stak noch im Abendanzug und in einem zweireihigen dunklen Mantel mit einer welken Zwergrose im Knopfloch.

Er setzte sich, hielt die Waffe einen Augenblick auf seinem Knie, ehe er sie mit einem überraschten Stirnrunzeln einsteckte, als wisse er nicht genau, wie sie in seine Hand gekommen sei.

»Du wirst mich mit dem Wagen nach Berdoo bringen«, sagte er. »Ich muß aus der Stadt verschwinden. Sie haben mich mit dem Bleistift markiert.«

»Gemacht«, antwortete ich. »Erzähl mir die Geschichte.«

Ich setzte mich auf, spürte den Bettvorleger unter meinen Zehen und zündete mir eine Zigarette an. Es war kurz nach halb sechs.

»Ich hab' dein Schloß mit einem Zelluloidstreifen aufgemacht«, sagte er. »Du solltest nachts gelegentlich den Sicherheitsriegel vorschieben. Ich war mir nicht sicher, welches deine Tür ist, und wollte das Haus nicht wekken.«

»Versuch's das nächstemal mit dem Briefkasten«, meinte ich. »Aber sprich weiter. Du bist doch nicht betrunken, oder?«

»Ich wär's gern, aber ich muß zuerst mal wegkommen. Bin nur einfach mit den Nerven fertig. Ich halte nicht

mehr soviel aus wie früher. Du hast selbstverständlich von dem Verschwinden von O'Mara gelesen?«
»Ja.«
»Hör mir trotzdem zu. Wenn ich rede, gehen mir die Nerven nicht durch. Ich glaube nicht, daß man mich hierher verfolgt hat.«
»Ein Drink kann keinem von uns schaden«, sagte ich. »Der Scotch steht drüben auf dem Tisch.«
Er schenkte schnell zwei Gläser ein und reichte mir eines. Ich streifte Bademantel und Pantoffeln über. Das Glas klirrte an seinen Zähnen, als er trank.
Er stellte das Glas weg und preßte die Hände fest zusammen.
»Ich habe O'Mara mal ziemlich gut gekannt. Wir haben zusammen die Ware von Hueneme Point hergeschafft. Wir waren sogar auf das gleiche Mädchen aus. Sie ist jetzt mit Joe Mesarvey verheiratet. Dud hat dann fünf Millionen geheiratet, die rachitische geschiedene Tochter von General Dade Winslow.«
»Das weiß ich alles«, sagte ich.
»Ja, hör nur zu. Sie hat ihn in einem ›Speakeasy‹ [illegaler Schnapsausschank] aufgegriffen, wie unsereiner sich in einer Cafeteria ein Tablett greift. Aber dieses Leben behagte ihm nicht. Wahrscheinlich hat er sich weiter mit Mona getroffen. Dann kam er dahinter, daß Joe Mesarvey und Lash Yeager nebenbei mit heißen Autos handeln. Daraufhin haben sie ihn umgelegt.
»Einen Dreck haben sie«, antwortete ich. »Noch ein Glas?«
»Nein. Hör weiter zu. Es geht dabei um zwei Dinge. In der Nacht, als O'Mara verschwand – nein, in der Nacht, als die Zeitungen es erfuhren –, ist auch Mona Mesarvey verschwunden. Aber nicht freiwillig. Sie halten sie in einem Schuppen ein paar Meilen hinter Realito in den Orangenplantagen versteckt. Daneben ist eine Garage, die ein Halunke namens Art Huck betreibt, ein Versteck für die heißen Wagen. Ich hab's herausgefunden. Ich habe Joe dorthin verfolgt.«
»Was geht dich die ganze Sache an?«

»Ich hab' immer noch was für sie übrig. Dir erzähl' ich das, weil du mal sehr anständig zu mir gewesen bist. Wenn ich weg bin, kannst du etwas daraus machen. Sie haben sie da draußen versteckt, damit es so aussieht, als ob Dud mit ihr zusammen abgehauen wäre. Selbstverständlich waren die Polypen nicht so dämlich, sich nach dem Verschwinden nicht auch mit Joe zu unterhalten. Aber sie haben Mona nicht gefunden. Für die Suche nach Vermißten haben sie ein System, und daran halten sie sich.«

Er stand auf und ging wieder zum Fenster und sah durch einen Spalt neben der Sonnenblende hinaus.

»Da unten steht eine blaue Limousine, die ich, glaube ich, schon mal gesehen habe«, sagte er. »Vielleicht aber auch nicht. Es gibt eine Menge ähnlicher Wagen.«

Er setzte sich wieder. Ich sagte nichts.

»Diese Bude hinter Realito liegt an der ersten Seitenstraße nördlich vom Foothill Boulevard. Du kannst es nicht verpassen. Sie stehen für sich, die Garage und das Haus daneben. Da oben liegt auch eine alte Zyanfabrik. Das sage ich dir, weil . . .«

»Das war Nummer eins«, unterbrach ich. »Was ist Nummer zwei?«

»Der Lump, der Lash Yeager gefahren hat, hat sich vor ein paar Wochen dünngemacht und ist nach dem Osten gegangen. Ich hab' ihm fünfzig Dollar geliehen. Er war pleite. Er hat mir gesagt, daß Yeager in der Nacht, als Dud O'Mara verschwand, draußen auf dem Anwesen von Winslow gewesen ist.«

Ich starrte ihn an. »Das ist interessant, Larry, aber nicht interessant genug, deswegen etwas zu riskieren. Schließlich gibt's hier eine Polizei.«

»Ja. Und folgendes kommt hinzu. Gestern abend hab' ich mich betrunken und Yeager gesagt, was ich weiß. Dann hab' ich den Job im ›Dardanella Club‹ aufgegeben, und als ich dann nach Hause kam, hat draußen vor meiner Wohnung jemand auf mich geschossen. Seitdem halte ich mich versteckt. Wie ist es nun? Willst du mich nach Berdoo bringen?«

Ich stand auf. Es war Mai, aber mir war kalt. Larry Batzel sah kalt aus, trotz des Mantels, den er anhatte.
»Selbstverständlich«, antwortete ich. »Aber behalte die Ruhe. Später ist es viel sicherer als jetzt. Trink noch einen Schluck. Du *weißt* schließlich nicht genau, ob sie O'Mara umgelegt haben.«
»Wenn er hinter ihren Handel mit heißen Autos gekommen ist, mußten sie ihn umlegen, da Mona mit Joe Mesarvey verheiratet ist. Mit ihm war nichts anderes zu machen.«
Ich stand auf und ging ins Bad. Larry trat wieder ans Fenster.
»Er ist noch da«, sagte er über die Schulter. »Es kann sein, daß auf dich geschossen wird, wenn du mich fährst.«
»Das würde mir wenig gefallen«, antwortete ich.
»Du bist doch ein anständiger Halunke, Carmady. Es wird regnen. Ich würde mich ungern bei Regen begraben lassen. Du vielleicht?«
»Du schwatzt so verdammt viel«, sagte ich und trat ins Bad.
Das war das letztemal, daß ich mit ihm sprach.

Während ich mich rasierte, hörte ich ihn im Zimmer umhergehen, aber als ich unter der Dusche stand, selbstverständlich nicht mehr. Als ich aus dem Bad kam, war er fort. Auf nackten Füßen ging ich zur Kochnische und blickte hinein. Er war nicht da. Ich griff nach dem Bademantel und spähte zur Wohnungstür hinaus. Das Treppenhaus war leer, abgesehen vom Milchmann, der mit seinem Drahtkorb voll Flaschen gerade die Hintertreppe hinunterging, und den frisch gefalzten Zeitungen, die vor den geschlossenen Türen lehnten.
»He!« rief ich den Milchmann an. »Sind Sie jemandem begegnet, der gerade hier herausgekommen ist?«
Er blickte vom Treppenabsatz zu mir herauf und öffnete den Mund, um zu antworten. Er war ein nett aussehender Junge mit schönen großen weißen Zähnen. Ich

erinnere mich gut an seine Zähne, weil ich sie ansah, als ich die Schüsse hörte.

Sie kamen weder von sehr nah noch von sehr fern. Von draußen hinter dem Apartmenthaus, bei den Garagen oder aus der Einfahrt neben dem Haus, schätzte ich. Erst waren es zwei schnelle harte Schüsse und dann der Niethammer: ein Feuerstoß von fünf oder sechs Schüssen, alles, was ein guter Mäher je braucht. Dann das Dröhnen eines davonrasenden Wagens.

Der Milchmann schloß den Mund, als ob er maschinell gesteuert würde. Seine Augen wurden riesig und blickten mich leer an. Dann stellte er seine Flaschen vorsichtig auf der obersten Stufe ab und lehnte sich gegen die Wand.

»Das klang wie Schüsse«, sagte er.

Alles das dauerte zwei Sekunden, die mir wie eine halbe Stunde vorkamen. Ich ging in meine Wohnung zurück, zog mich hastig an, griff nach diesem und jenem auf der Kommode und raste ins Treppenhaus zurück. Es war nach wie vor leer, selbst der Milchmann war fort. Irgendwo in der Nähe verklang eine Sirene. Ein kahlköpfiger Mann mit einem Kater unter der Schädeldecke spähte aus einer Tür und gab schnüffelnde Laute von sich. Ich eilte die Hintertreppe hinunter.

Im Hausflur unten befanden sich drei oder vier Leute. Ich ging nach hinten hinaus. Die Garagen standen sich in zwei Reihen auf dem betonierten Hof gegenüber, zwei weitere befanden sich an der Rückseite, daneben eine Lücke, durch die man auf die Hintergasse kommen konnte. Drei Häuser weiter entfernt kamen zwei Jungen über den Zaun geklettert.

Larry Batzel lag auf dem Gesicht, sein Hut einen Meter weit von seinem Kopf entfernt, die eine Hand bis auf einen Abstand von einem Fuß nach einer großen schwarzen Pistole ausgestreckt. Seine Füße waren übereinandergekreuzt, als ob er eine Pirouette gedreht hätte, als er fiel. Blut stand dick auf der Seite seines Gesichts, auf seinem Haar, besonders im Nacken. Es stand auch dick auf dem Beton.

Zwei Polizisten von einer Funkstreife, der Milchfahrer und ein Mann in braunem Pullover und formlosem Overall beugten sich über ihn. Der Mann im Pullover war unser Hausmeister.
Ich ging zu ihnen, und etwa im gleichen Augenblick erreichten die beiden Jungen, die über den Zaun geklettert waren, den Hof. Der Milchfahrer sah mich mit seltsam gespanntem Ausdruck an. Der eine Polizist richtete sich auf und fragte: »Kennt einer den Mann? Sein halbes Gesicht hat er noch.«
Er hatte nicht mit mir gesprochen. Der Milchfahrer schüttelte den Kopf und beobachtete mich weiter aus den Augenwinkeln.
Der Hausmeister sagte: »Das ist keiner von unseren Mietern. Er könnte ein Besucher sein, aber für Besuch ist es noch reichlich früh, was?«
»Er ist im Abendanzug. Sie kennen Ihr Hurenhaus hier besser als ich«, sagte der Polizist nachdrücklich und zog sein Notizbuch.
Auch der andere Polizist richtete sich jetzt auf, schüttelte den Kopf und ging auf das Haus zu. Der Hausmeister trottete neben ihm her.
Der Polizist mit dem Notizbuch deutete mit dem Daumen auf mich und sagte schroff: »Sie waren nach diesen beiden Leuten der erste hier. Wissen Sie was?«
Ich sah den Milchmann an. Larry Batzel war es jetzt gleichgültig, und man muß sich seine Brötchen verdienen. Außerdem war es sowieso keine Geschichte für eine Funkstreife.
»Ich hab' nur die Schüsse gehört und bin schnell heruntergekommen«, antwortete ich.
Der Polizist gab sich damit zufrieden. Der Milchfahrer sah zum tiefen grauen Himmel hinauf und sagte nichts.
Nach einiger Zeit kam ich in meine Wohnung zurück und zog mich fertig an. Als ich meinen Hut von dem Tisch beim Fenster fortnahm, fand ich auf einem Stück bekritzeltem Papier eine kleine Rose.
Auf dem Zettel stand: »Du bist ein guter Kerl, aber ich glaube, ich mache es lieber allein. Gib die Rose

Mona, falls du je die Möglichkeit dazu hast. Larry.« Ich steckte beides in meine Brieftasche und stärkte mich mit einem Drink.

Gegen drei Uhr an diesem Nachmittag stand ich in der Haupthalle des Winslow-Anwesens und wartete darauf, daß der Butler zurückkäme. Ich hatte den größten Teil des Tages damit verbracht, nicht in allzu große Nähe meines Büros oder meiner Wohnung zu kommen und keinem Angehörigen der Mordkommission zu begegnen. Es war nur eine Frage der Zeit, daß ich mich melden mußte, aber ich wollte erst General Winslow sprechen. Es war schwer, an ihn heranzukommen.

Überall um mich herum hingen Ölgemälde, vorwiegend Porträts. Es waren auch ein paar Statuen vorhanden und mehrere von der Zeit dunkel gewordene Rüstungen auf Sockeln aus dunklem Holz. Hoch über dem riesigen Marmorkamin hingen in einem Glasbehälter zwei von Kugeln durchlöcherte – oder von Motten zerfressene – gekreuzte Kavalleriestandarten und unter ihnen das Gemälde eines dünnen, beweglich aussehenden Mannes mit schwarzem Bart und Schnauzbart in einer Paradeuniform, etwa aus der Zeit des Mexikanischen Krieges. Das mochte General Winslows Vater sein. Der General selbst war zwar schon ein alter Herr, aber ganz so alt konnte er noch nicht sein.

Dann kam der Butler zurück und sagte, General Winslow sei im Orchideenhaus und ob ich ihm bitte folgen wolle.

Wir gingen durch Fenstertüren auf der Rückseite des Hauses hinaus und über den Rasen zu einem großen gläsernen Pavillon weit hinter den Garagen. Der Butler öffnete die Tür zu einer Art Vestibül und schloß sie wieder, als ich eingetreten war; hier war es bereits warm. Dann öffnete er die Innentür, und da wurde es wirklich warm. Die Luft dampfte. Von den Wänden und der Decke des Glashauses tropfte es. In dem Halblicht breiteten riesige Tropenpflanzen ihre Blüten und Zweige aus, und der Geruch war fast so überwältigend wie der von kochendem Alkohol.

Der Butler, der alt, dünn und weißhaarig war und sich sehr aufrecht hielt, drückte die Zweige der Pflanzen zurück, damit ich vorbeikonnte, und wir erreichten eine Lichtung in der Mitte des Raums. Ein großer türkischer Teppich in rötlichen Farben war über die sechseckigen Steinplatten gebreitet. Mitten auf dem Teppich saß in einem Rollstuhl ein sehr alter Mann in eine Reisedecke gehüllt und sah uns entgegen.

In seinem Gesicht lebte nichts außer den Augen: schwarze tiefliegende, funkelnde, unerreichbare Augen. Das übrige Gesicht war eine bleierne Totenmaske mit eingefallenen Schläfen, scharfer Nase, nach außen gedrehten Ohrläppchen und einem Mund wie ein dünner weißer Schlitz. Er war teils in einen rötlichen, sehr schäbigen Bademantel und teils in die Reisedecke gehüllt. Seine Hände hatten violette Nägel und lagen lose gefaltet regungslos auf der Decke. Auf seinem Schädel verstreut standen einige wenige dünne Strähnen von weißem Haar.

Der Butler sagte: »Dies ist Mister Carmady, General.«

Der alte Mann starrte mich an. Nach einer Weile befahl er mit scharfer, zänkischer Stimme: »Stellen Sie Mister Carmady einen Stuhl hin.«

Der Butler zog einen Korbsessel näher, und ich setzte mich. Meinen Hut legte ich auf den Boden. Der Butler hob ihn auf.

»Kognak«, sagte der General. »Wie wollen Sie Ihren Kognak, Sir?«

»Das ist völlig gleichgültig«, antwortete ich.

Er grunzte. Der Butler ging. Der General starrte mich mit seinen nichtblinzelnden Augen an. Er grunzte noch einmal.

»Ich trinke meinen immer mit Champagner«, sagte er. »Ein drittel Glas Kognak unter den Champagner, und den Champagner so kalt wie Valley Forge. Kälter, wenn man ihn kälter bekommen kann.«

Er gab einen Laut von sich, der ein verhaltenes Lachen gewesen sein mochte.

»Nicht, daß ich je in Valley Forge gewesen wäre«, sagte

er. »So schlimm war's nicht. Sie dürfen rauchen, Sir.« Ich bedankte mich und sagte, ich hätte das Rauchen für eine Weile satt. Ich zog mein Taschentuch und wischte mir über das Gesicht.

»Ziehen Sie Ihren Mantel aus, Sir. Dud hat es immer getan. Orchideen verlangen Wärme, Mister Carmady – wie kranke alte Leutc.«

Ich zog meinen Mantel aus, einen Regenmantel, den ich mitgenommen hatte. Es hatte nach Regen ausgesehen. Schon Larry Batzel hatte gesagt, es würde regnen.

»Dud ist mein Schwiegersohn. Dudley O'Mara. Ich glaube, Sie hatten mir etwas über ihn mitzuteilen.«

»Nur, was ich so gehört habe«, antwortete ich. »Ich wollte der Sache nicht nachgehen, solange ich nicht Ihre Zustimmung hatte, General.«

Die Basiliskenaugen starrten mich an. »Sie sind Privatdetektiv. Sie wollen bezahlt werden, vermute ich.«

»Ich arbeite in diesem Beruf«, bestätigte ich. »Aber das bedeutet nicht, daß ich für jeden Atemzug, den ich tue, bezahlt werden muß. Es ist nur etwas, das ich gehört habe. Vielleicht wollen Sie es selbst an die Vermißtenstelle bei der Polizei weitergeben.

»Ich verstehe«, sagte er ruhig. »Eine Art von Skandal.«

Der Butler kam zurück, ehe ich antworten konnte. Er schob einen Teewagen durch den Dschungel, stellte ihn neben meinen Ellbogen und mischte mir einen Kognak-Soda. Dann ging er.

Ich schlürfte. »Anscheinend gab es da ein Mädchen«, sagte ich. »Er kannte sie schon, ehe er Ihre Tochter geheiratet hat. Sie ist jetzt mit einem Gangster verheiratet. Anscheinend . . .«

»Das habe ich alles schon gehört«, sagte er. »Und es ist mir alles verdammt gleichgültig. Was ich wissen will, ist, wo er ist und ob es ihm gutgeht. Ob er glücklich ist.«

Ich blickte ihn aus groß aufgerissenen Augen an. Nach einem Augenblick sagte ich schüchtern: »Vielleicht kann ich die Frau finden. Oder die Polizei kann es mit Hilfe dessen, was ich ihr sagen kann.«

Er zupfte am Saum seiner Decke und senkte den Kopf

etwa einen Zoll. Ich glaube, es war ein Nicken. Dann sagte er sehr langsam: »Wahrscheinlich spreche ich zuviel für meinen Gesundheitszustand, aber ich möchte eines klarmachen. Ich bin ein Krüppel, meine Beine und mein halber Unterleib sind unbrauchbar. Ich kann nicht viel essen, und ich kann nicht viel schlafen. Ich bin mir selbst eine Last und für alle übrigen eine verdammte Plage. Deshalb vermisse ich Dud. Er leistete mir oft und lange Gesellschaft. Gott allein weiß, warum.«

»Nun . . .«, begann ich.

»Halten Sie den Mund. Für mich sind Sie ein junger Mann, deshalb kann ich grob zu Ihnen sein. Dud ging fort, ohne sich von mir zu verabschieden. Das sah ihm gar nicht ähnlich. Er fuhr eines Abends mit seinem Wagen fort, und niemand hat seitdem etwas von ihm gehört. Wenn er meiner törichten Tochter und ihres Sprößlings überdrüssig geworden ist, wenn er eine andere Frau haben wollte, dann soll mir das recht sein. Er hatte einen brillanten Einfall und ging, ohne sich von mir zu verabschieden, und jetzt tut es ihm leid. Deshalb höre ich nichts von ihm. Finden Sie ihn, und sagen Sie ihm, daß ich ihn verstehe. Das ist alles – es sei denn, daß er Geld braucht. Falls ja, kann er so viel haben, wie er will.«

Seine bleifarbenen Wangen waren jetzt beinah rosig geworden. Seine schwarzen Augen funkelten noch stärker, falls das möglich war. Er lehnte sich sehr langsam zurück und schloß die Augen.

Ich trank eine ganze Menge in einem langen Zug. Dann sagte ich: »Angenommen, er steckt in der Klemme? Etwa wegen des Ehemanns der Frau, diesem Joe Mesarvey.«

Er öffnete die Augen und blinzelte. »Ein O'Mara nicht«, antwortete er. »Wenn einer in der Klemme steckt, ist es der andere.«

»Also gut. Soll ich an die Vermißtenstelle einfach weitergeben, wo die Frau sich angeblich aufhält?«

»Auf keinen Fall. Sie haben nichts unternommen. Dabei sollen sie bleiben. Finden Sie ihn selbst. Ich bezahle Ihnen tausend Dollar, selbst wenn Sie dafür nur die

Straße überqueren müssen. Sagen Sie ihm, daß hier alles in Ordnung ist. Dem alten Mann ginge es gut, und er ließe ihn herzlich grüßen. Das ist alles.«

Ich konnte es ihm nicht sagen. Plötzlich konnte ich ihm überhaupt nichts von dem sagen, was ich von Larry Batzel erfahren hatte oder was Larry widerfahren war oder sonst etwas von der ganzen Geschichte. Ich leerte mein Glas, stand auf und zog meinen Mantel wieder an.

»Für den Auftrag ist das zuviel Geld, General«, sagte ich. »Darüber können wir später noch reden. Bin ich von Ihnen autorisiert, Sie auf meine Weise zu vertreten?«

Er drückte auf einen Klingelknopf am Rollstuhl. »Sagen Sie ihm nur, ich möchte wissen, wie es ihm geht und daß es mir gutgeht. Das ist alles – falls er kein Geld braucht. Jetzt müssen Sie mich entschuldigen. Ich bin müde.«

Ich ging durch den Dschungel zurück. Der Butler empfing mich mit meinem Hut an der Tür.

Ich atmete ein paar Züge kühle Luft ein und sagte: »Der General wünscht, daß ich Mrs. O'Mara aufsuche.«

Dieser Raum war von Wand zu Wand mit einem weißen Teppich ausgelegt. Elfenbeinfarbene Vorhänge von ungeheurer Länge türmten sich in malerischen Falten am Fuß der vielen Fenster auf dem weißen Teppich. Die Fenster blickten auf die dunklen Vorberge, und auch die Luft hinter den Scheiben war dunkel. Der Regen hatte noch nicht eingesetzt, aber in der Atmosphäre lag Spannung.

Mrs. O'Mara lag auf einer weißen Chaiselongue ausgestreckt, die Pantoffeln von den Füßen gestreift. Ihre Beine steckten in Netzstrümpfen, wie man sie nicht mehr trug. Sie war groß und dunkel und hatte einen Schmollmund. Eine hübsche Frau, wenn auch keine Schönheit.

»Was, um alles in der Welt, kann ich für Sie tun?« fragte sie mich. »Es ist alles bekannt. Viel zu bekannt. Nur Sie kenne ich nicht, oder etwa doch?«

»Nein, kaum«, antwortete ich. »Ich bin nur ein kleiner, recht unbedeutender Privatdetektiv.«
Sie griff nach einem Glas, das ich noch nicht bemerkt hatte, nach dem ich aber einen Augenblick später gesucht hätte, als mir ihre Sprechweise und die Tatsache auffiel, daß sie die Pantoffeln nicht trug. Sie trank träge und ließ dabei einen Ring funkeln.
»Ich lernte ihn in einem ›Speakeasy‹ kennen«, sagte sie mit einem schrillen Lachen. »Ein sehr hübscher Alkoholschmuggler mit dichtem lockigem Haar und irischem Grinsen. Dann heiratete ich ihn. Aus Langeweile. Und der Alkoholschmuggel war damals schon ziemlich flau – falls man keine anderen Attraktionen dabei hatte.«
Sie wartete von mir auf eine Bestätigung, daß Attraktionen vorhanden gewesen seien, aber nicht in einer Weise, als ob sie sonderlich begierig wäre, sie zu erfahren.
Ich antwortete nur: »Sie haben ihn an dem Tag, als er verschwand, nicht fortfahren sehen?«
»Nein. Ich sah ihn selten fortfahren oder zurückkommen. Es war nun einmal so.« Sie trank wieder.
»Hm«, machte ich. »Aber Sie haben sich selbstverständlich nicht gestritten.« Diese Leute tun das nie.
»Es gibt so viele Methoden, sich zu streiten, Mister Carmady.«
»Ja. Aber wie Sie es sagen, das gefällt mir. Selbstverständlich wußten Sie über das Mädchen Bescheid.«
»Ich bin froh, daß ich gegenüber einem alten Familiendetektiv wirklich offen sein kann. Ja, ich wußte über das Mädchen Bescheid!« Sie wickelte sich eine Strähne ihres dunklen Haars hinter dem Ohr um den Finger.
»Wußten Sie schon von ihr, ehe er verschwand?« fragte ich höflich.
»Gewiß.«
»Woher?«
»Sie sind sehr unverblümt, wie? Durch Verbindungen, wie man so sagt. Ich bin ein alter Gast in ›Speakeasys‹. Oder haben Sie das nicht gewußt?«
»Kannten Sie die Leute im ›Dardanella Club‹?«

»Ich bin schon dort gewesen.« Sie war nicht erschrokken oder auch nur überrascht. »Tatsächlich habe ich dort einmal eine Woche lang praktisch gelebt. Dort habe ich Dudley O'Mara kennengelernt.«

»Ah, so. Ihr Vater hat sehr spät geheiratet, wie?«

Ich beobachtete, wie die Farbe auf ihren Wangen verschwand. Ich wollte, daß sie wütend wurde, aber es war nichts zu machen. Sie lächelte, und die Farbe kam zurück, sie drückte auf einen Klingelknopf irgendwo zwischen den Daunenkissen auf der Chaiselongue.

»Sehr spät«, bestätigte sie. »Falls Sie das etwas angcht.«

»Das tut es nicht«, sagte ich.

Ein scheu aussehendes Stubenmädchen kam herein und mixte an einem Seitentisch zwei Drinks. Ein Glas gab sie Mrs. O'Mara, das andere stellte sie neben mich. Sie ging wieder und zeigte dabei ein Paar hübsche Beine unter einem kurzen Rock.

Mrs. O'Mara beobachtete, wie die Tür geschlossen wurde, und sagte dann: »Die ganze Geschichte hat Vater in schlechte Laune versetzt. Ich wollte, Dud würde telegrafieren oder schreiben oder sonstwie von sich hören lassen.«

Langsam sagte ich: »Er ist ein alter, alter Mann, ein Krüppel, schon jetzt halb begraben. Ein dünner Faden hält sein Interesse am Leben noch wach. Wenn der Faden reißt, fragt keiner mit einem Wort danach. Er versucht sich so zu verhalten, als ob es ihm selbst völlig gleichgültig wäre. Das nenne ich nicht schlechte Laune. Das nenne ich eine sehr imponierende Demonstration innerer Haltung.«

»Nobel«, sagte sie, und ihre Augen waren Dolche. »Aber Sie haben Ihr Glas noch nicht angerührt.«

»Ich muß jetzt gehen«, sagte ich. »Trotzdem vielen Dank.«

Sie streckte eine schlanke manikürte Hand aus, und ich stand auf und berührte die Hand. Plötzlich explodierte der Donner hinter den Bergen, und sie zuckte erschrokken zusammen. Ein Windstoß ließ die Fenster beben.

Ich ging über eine gekachelte Treppe in die Halle hinunter, und der Butler tauchte aus dem Schatten auf und öffnete die Tür für mich.
Ich blickte über die mit Blumenbeeten und ausländischen Bäumen geschmückte Terrassenflucht hinunter. Ganz unten befand sich ein hoher Gitterzaun mit vergoldeten Speerspitzen und einer sechs Fuß hohen Hecke auf der Innenseite.
Hinter dem Anwesen senkte sich der Abhang zur Stadt und den Ölquellen von La Brea, die jetzt teils Park, teils verlassene Strecken von eingezäuntem Brachland waren. Noch standen einige der hölzernen Bohrtürme. Sie hatten den Reichtum der Familie Winslow geschaffen, und die Familie war vor ihnen den Berg hinauf geflohen, weit genug, um den Gerüchen der Ölsümpfe zu entgehen, aber nicht so weit, daß sie nicht aus den Fenstern sehen konnten, was sie reich gemacht hatte.
Ich ging über die gepflasterte Treppe zwischen den terrassierten Rasenflächen hinunter. Auf einer schleuderte ein dunkelhaariger blasser Junge von etwa zehn oder elf Jahren Wurfpfeile gegen eine Zielscheibe, die an einem Baum hing.
Ich ging auf ihn zu. »Bist du der kleine O'Mara?« fragte ich.
Mit vier Pfeilen in der Hand lehnte er sich gegen eine Steinbank und musterte mich aus kalten schieferdunklen Augen, alten Augen.
»Ich bin Dade Winslow Trevillyan«, antwortete er abweisend.
»Oh, dann ist Dudley O'Mara nicht dein Vater?«
»Selbstverständlich nicht.« Seine Stimme war voller Verachtung. »Wer sind Sie denn?«
»Ich bin Detektiv. Ich werde deinen – ich meine Mister O'Mara finden.«
Das brachte uns einander nicht näher. Detektive bedeuteten ihm nichts. Der Donner polterte zwischen den Bergen wie eine Herde Elefanten, die Nachlaufen spielt. Mir kam ein anderer Gedanke.

»Wetten, daß du auf zehn Meter nicht vier- oder fünfmal hintereinander ins Zentrum triffst?«
Er wurde plötzlich lebhaft. »Damit?«
»Genau.«
»Was wollen Sie wetten?« fragte er schroff.
»Sagen wir: einen Dollar.«
Er lief zur Zielscheibe, riß die Pfeile davon herunter, kam zurück und stellte sich in Position neben der Bank.
»Das sind keine zehn Meter«, sagte ich.
Er warf mir einen bösen Blick zu und trat zwei Schritte hinter die Bank. Ich grinste, dann verging mir das Grinsen. Seine kleine Hand schoß so schnell vor, daß ich ihr kaum folgen konnte. Fünf Pfeile staken in weniger als ebenso vielen Sekunden im goldenen Zentrum der Zielscheibe. Er sah mich triumphierend an.
»Donnerwetter, du bist sehr gut, Master Trevillyan«, bekannte ich und zog meinen Dollar aus der Tasche. Seine kleine Hand schnappte danach wie eine Forelle, die nach einer Fliege springt. Er hatte ihn im Nu verstaut.
»Das ist noch gar nichts.« Er lachte selbstbewußt. »Sie sollten mich auf unserem Schießstand da hinter der Garage sehen. Wollen wir mal hingehen und noch mal wetten?«
Ich sah den Berg hinauf und gewahrte ein flaches, weißes, in den Hang hineingebautes Haus.
»Heute nicht«, antwortete ich. »Vielleicht das nächstemal, wenn ich wieder hier bin. Dud O'Mara ist also nicht dein Vater? Wenn ich ihn trotzdem finde, wäre dir das recht?«
Er hob die dünnen knochigen Schultern unter dem rotbraunen Pullover. »Sicher. Aber was können Sie schon tun, was die Polizei nicht schafft?«
»Das mag sein«, räumte ich ein und verließ ihn.
Ich ging die Steintreppe weiter hinunter, bis ich die unterste Rasenfläche erreichte, und dann unten an der Hecke entlang auf das Pförtnerhaus beim Haupttor zu. Als ich die Hälfte des Wegs zurückgelegt hatte, bemerkte ich draußen den blauen Wagen. Es war ein kleiner

ordentlicher Wagen, flach gebaut und sehr gepflegt, heller als ein Polizeiwagen, aber etwa von gleicher Größe. Dahinter konnte ich meinen Roadster unter dem Pfefferbaum sehen.
Durch die Hecke sah ich mir den Wagen an. Ich konnte Zigarettenrauch erkennen, der innen hinter der Windschutzscheibe aufstieg. Ich drehte dem Pförtnerhaus den Rücken und blickte den Abhang hinauf. Der kleine Trevillyan war irgendwo verschwunden, vielleicht um seinen Dollar zu verwahren, obwohl ein Dollar für ihn wohl nicht viel bedeutete.
Ich beugte mich vor und zog die 7,65er Luger, die ich an diesem Tag bei mir trug, und schob sie mit der Mündung nach unten unter der Socke in den Schuh. Ich konnte damit gehen, wenn auch nicht zu schnell. Dann marschierte ich weiter zum Tor.
Die Tore wurden verschlossen gehalten, und niemand kam ohne Anweisung vom Haus hier hinein. Der Pförtner, ein großer kräftiger Mann mit einer Waffe unter dem Arm, kam heraus und ließ mich durch eine schmale Seitentür hinaus. Ich blieb stehen und unterhielt mich mit ihm eine Minute lang durch das Gitter, wobei ich den blauen Wagen beobachtete.
Er sah unverdächtig aus. Anscheinend saßen zwei Männer darin. Er stand etwa dreißig Meter weit entfernt auf der anderen Straßenseite im Schatten einer hohen Mauer. Es war eine sehr schmale Straße ohne Gehsteige. Bis zu meinem Wagen hatte ich es nicht sehr weit.
Ich ging etwas steif über das regendunkle Pflaster, stieg ein, griff schnell in das kleine Fach an der Vorderseite meines Sitzes hinunter, wo ich eine Reservewaffe aufbewahrte. Es war ein Polizeicolt. Ich schob ihn in die Schulterhalfter und ließ den Motor an.
Ich löste die Bremse und fuhr ab. Plötzlich prasselte der Regen in großen sprühenden Tropfen herunter, und der Himmel wurde so schwarz wie die Haube einer Nonne. Aber doch nicht so schwarz, daß ich nicht bemerkt hätte, wie auch der Wagen hinter mir anfuhr.
Ich schaltete den Scheibenwischer an und beschleunigte

schnell auf sechzig Kilometer in der Stunde. Ich war etwa acht Blocks weit gekommen, als sie mir die Sirene gaben. Das täuschte mich. Es war eine stille, eine tödlich stille Straße. Ich nahm das Tempo zurück und fuhr an den Straßenrand. Der blaue Wagen holte mich ein, und ich blickte in die schwarze Mündung einer Maschinenpistole über der Fensterkante der hinteren Tür. Dahinter war ein schmales Gesicht mit geröteten Augen und einem starren Mund. Über das Rauschen des Regens und das Zischen der Scheibenwischer und den Lärm der beiden Motoren verstand ich ihn.
»Steigen Sie mal zu uns rüber. Aber seien Sie nett, wenn Sie wissen, was ich meine.«
Sie waren keine Polizisten; das spielte jetzt aber keine Rolle mehr. Ich stellte die Zündung ab, ließ die Wagenschlüssel vor mir auf den Boden fallen und stieg aus. Der Mann am Steuer des blauen Wagens sah mich nicht an. Der andere auf dem Rücksitz stieß mit dem Fuß die Tür auf, rutschte über die Sitzbank zurück, wobei er mich mit der Maschinenpistole sauber in Schach hielt. Ich stieg ein.
»Los jetzt, Louie. Durchsuch ihn.«
Der Fahrer stieg aus und trat an mich heran. Er zog den Colt unter meinem Arm hervor, klopfte mir Hüften, Taschen und Gürtellinie ab.
»Sauber«, sagte er und stieg wieder vorn ein.
Der Mann mit der Maschinenpistole streckte die linke Hand aus und nahm meinen Colt von dem Fahrer entgegen, dann legte er die Maschinenpistole auf den Boden und breitete eine braune Decke darüber. Er lehnte sich wieder in seine Ecke zurück, gelassen und entspannt, und hielt meinen Colt auf seinem Knie.
»Los, Louie, fahren wir.«

Wir fuhren gemächlich, ohne Hast, während der Regen auf das Verdeck trommelte und auf der einen Seite an den Scheiben herunterrann. Wir kurvten über gewundene Straßen durch hügeliges Gelände, zwischen hektargroßen Anwesen, deren Häuser ferne Ballungen

»Aber dann zähle ich nicht mehr irgendwie zur Polente, oder?«
»Darüber zerbrechen Sie sich mal den Kopf, Schleicher.«
Wir grinsten uns an, zwei nette Burschen, die sich in einer harten, feindseligen Welt miteinander vertrugen. Dann wandte Rotauge scharf den Kopf.
»In Ordnung, Louie. Wir brauchen nicht zum Mulholland Drive. Halt an.«
Der Wagen war über eine lange gewundene Straße einen öden Abhang halb hinaufgefahren, auf den der Regen in Schwaden herunterströmte. Kein Himmel, kein Horizont war zu erkennen. Ich konnte eine halbe Meile weit sehen, aber außerhalb des Wagens gab es nichts Lebendiges.
Der Fahrer lenkte auf die Bankette und stellte den Motor ab. Er zündete sich eine Zigarette an und legte den Arm über die Rücklehne. Er lächelte mir zu. Er hatte ein freundliches Lächeln – wie ein Alligator.
»Darauf wollen wir einen Schluck trinken«, sagte Rotauge. »Ich wollte, ich könnte auch mal so leicht einen Tausender verdienen.« Er legte den Colt neben sich auf den Sitz und zog eine flache Flasche heraus. Sie sah nach gutem Stoff aus, mit grüner Steuerbanderole und einem Markenetikett. Mit den Zähnen schraubte er den Deckel ab, schnüffelte an der Flasche und schmatzte.
»Kein Fusel, das«, sagte er. »Den verteilt die Organisation. Trinken Sie.«
Er beugte sich vor und hielt mir die Flasche hin. Ich hätte sein Handgelenk packen können, aber da war noch Louie, und ich war außerdem von meinem Fuß zu weit entfernt.
Ich atmete flach aus, hielt die Flasche vor meine Lippen und schnüffelte vorsichtig. Hinter dem rauchigen Geruch des Whiskys war noch etwas anderes, ein sehr schwacher fruchtiger Duft, den ich bei anderer Gelegenheit überhaupt nicht beachtet hätte. Plötzlich erinnerte ich mich, ohne jeden Grund, an etwas, das Larry Batzel gesagt hatte. Etwa: »Im Osten von Realito, aufs Gebirge

zu, in der Nähe der alten Zyanfabrik.« Zyan. Das war das Wort.

An den Schläfen spürte ich eine kurze Spannung, als ich die Flasche ansetzte. Mich überkam eine Gänsehaut, und gleichzeitig überlief es mich kalt. Ich hielt die Flasche hoch, daß der Flüssigkeitsspiegel waagerecht stand, und machte einen langen gurgelnden Zug, sehr herzhaft und entspannend. Etwa ein halber Teelöffel kam mir in den Mund, und auch davon blieb nichts darin.

Ich hustete scharf und beugte mich würgend vor. Rotauge lachte.

»Na, Ihnen wird doch nicht schon von einem kleinen Schluck schlecht, Mann?«

Ich ließ die Flasche fallen, sackte auf meinem Sitz weit vor und würgte heftig. Meine Beine glitten nach links, das linke als unteres. Ich sank über ihnen zusammen, die Arme hingen mir schlaff herab. Ich hatte die Waffe.

Unter meinem linken Arm hindurch, beinahe ohne hinzusehen, schoß ich auf Rotauge. Den Colt berührte er gar nicht mehr erst, außer um ihn von der Sitzbank zu stoßen. Der eine Schuß genügte. Ich hörte ihn japsen und feuerte in die Richtung, in der Louie sein mußte.

Aber Louie war nicht mehr da. Er kauerte hinter der Vorderbank. Ganz still. Alles war still: der Wagen, die ganze Landschaft. Selbst der Regen schien für einen Augenblick ein vollkommen stiller Regen zu sein.

Noch hatte ich keine Zeit, einen Blick auf Rotauge zu verschwenden, aber er unternahm auch nichts. Ich ließ die Luger fallen und riß die Maschinenpistole unter der Decke hervor, packte sie mit der linken Hand am vorderen Griff, stemmte sie tief gebückt gegen meine Schulter. Louie hatte keinen Laut von sich gegeben.

»Hören Sie, Louie«, sagte ich leise. »Ich habe den Niethammer. Was meinen Sie dazu?«

Durch die Rücklehne knallte ein Schuß, ein Schuß, von dem Louie genau wußte, daß er ihm nichts nützte. Er hinterließ nur zahllose Sternchen auf einer Scheibe aus kugelfestem Glas. Wieder herrschte eine Weile Stille.

Dann sagte Louie mit belegter Stimme: »Ich hab' hier 'ne Handgranate. Soll ich die loslassen?«

»Ziehen Sie nur ab, und halten Sie sie gut fest«, antwortete ich. »Dann haben wir beide ausgesorgt.«

»Verdammt!« schrie Louie wild. »Was ist denn mit ihm los? Ich hab' gar keine Handgranate.«

Jetzt drehte ich mich zu Rotauge um. Ihm schien es recht behaglich zu sein, wie er da zurückgelehnt in seiner Ecke saß. Er schien auf einmal drei Augen zu haben, von denen das eine noch röter war als die beiden anderen. Für einen Schuß unter dem Arm hindurch war das etwas, dessen man sich beinahe schämen mußte. Er war zu gut gewesen.

»Ja, Louie, der ist fertig«, sagte ich. »Und was fangen wir jetzt an?«

Ich konnte ihn mühsam atmen hören, und auch der Regen war nicht mehr still.

»Steigen Sie aus dem Wagen. Ich will verschwinden«, knurrte er.

»Sie steigen aus, Louie, und ich verschwinde.«

»Mann, ich kann doch von hier aus nicht nach Hause laufen!«

»Brauchen Sie nicht, Louie. Ich schicke Ihnen ein Taxi.«

»Mein Gott, ich hab' doch gar nichts getan. Ich hab' doch nur gefahren.«

»Dann kann man Ihnen ja nur rücksichtsloses Fahren vorwerfen, Louie. Sie bringen das schon hin – Sie und Ihre Organisation. Steigen Sie aus, ehe ich mit der Spritze hier ein paar Knallkorken loslasse.«

Ein Türschloß knackte, Füße polterten auf dem Trittbrett, dann auf der Fahrbahn. Ich richtete mich mit dem Niethammer auf. Louie stand im Regen auf der Straße, mit leeren Händen und dem Alligatorlächeln im Gesicht.

Ich kletterte über die ordentlich beschuhten Füße des Toten hinaus, nahm meinen Colt und die Luger wieder an mich und legte die zwölf Pfund schwere Maschinenpistole zurück in den Wagen. Ich zog Handschellen aus meiner Hüfttasche und winkte Louie. Mürrisch drehte er sich um und legte die Hände auf dem Rücken zusammen.

»Mir können Sie nichts anhaben«, beschwerte er sich. »Ich habe Beschützer.«

Ich ließ die Handschellen um seine Gelenke einschnappen, durchsuchte ihn nach Waffen, sehr viel gründlicher, als er mich durchsucht hatte. Außer der, die er im Wagen gelassen hatte, besaß er noch eine.

Ich zerrte Rotauge aus dem Wagen heraus und ließ ihn es sich auf der nassen Fahrbahn bequem machen. Er fing wieder an zu bluten, war aber eindeutig tot. Louie betrachtete ihn erbittert.

»So geht es gerissenen Burschen«, sagte er leise. »Wollte was Besseres sein. Zog gern Tricks ab. Da hat er sein Fett weg, der gerissene Hund.«

Ich holte den Schlüssel zu meinen Handschellen heraus und öffnete die eine Seite, zog sie nach unten und ließ sie um den emporgereckten Arm des Toten wieder einschnappen.

Louies Augen weiteten sich vor Entsetzen; endlich verschwand das Lächeln von seinem Gesicht.

»Himmel«, winselte er. »Du lieber Heiland! Mann, Sie wollen mich doch nicht so hier zurücklassen?«

»Viel Spaß, Louie«, sagte ich. »Der Mann, den Sie heute morgen umgelegt haben, war ein Freund von mir.«

»Himmel . . .!« jaulte Louie.

Ich stieg in den Wagen und ließ den Motor an, fuhr bis zu einer Stelle, an der ich wenden konnte, dann wieder zurück bergab an ihm vorbei. Er stand steif wie ein abgestorbener Baum, das Gesicht so weiß wie Schnee, den Toten zu seinen Füßen, dessen eine angeschlossene Hand zu Louie emporragte. In Louies Augen stand das Entsetzen von tausend Alpträumen.

Ich ließ ihn im Regen zurück.

Es wurde früh dunkel. Ich stellte den Wagen zwei Blocks entfernt von meinem ab und warf die Schlüssel in den Öleinfüllstutzen. Ich ging zu meinem Wagen zurück und fuhr in die Stadt.

Von einer Zelle rief ich beim Morddezernat an, verlangte einen Mann namens Grinnell und berichtete ihm schnell, was geschehen war und wo er Louie und den blauen Wagen finden konnte. Ich sagte ihm auch, sie seien die Banditen, die heute morgen Larry Batzel niedergeschossen hatten. Von Dud O'Mara sagte ich ihm kein Wort.

»Saubere Arbeit«, meinte Grinnell in seltsamem Ton. »Aber es wäre besser, Sie kämen schnell her. Nach Ihnen wird gefahndet, seit vor einer Stunde ein Milchmann angerufen und Ihretwegen eine Meldung erstattet hat.«

»Ich bin völlig fertig«, sagte ich. »Ich muß endlich was essen. Blasen Sie die Fahndung ab. Ich komme bald.«

»Es ist besser, wenn Sie wirklich kommen, Junge. Tut mir leid, aber ich kann Ihnen nur dringend dazu raten.«

»Na, also gut«, sagte ich.

Ich hängte ein und verließ die Umgebung, ohne mich weiter aufzuhalten. Jetzt mußte ich die Geschichte knakken, oder ich wurde selbst geknackt.

Ich aß etwas in der Nähe vom Placa und machte mich dann auf den Weg nach Realito.

Gegen acht Uhr tauchten hoch oben im Regen zwei gelbe Dampflampen auf, und ein quer über die Straße gespanntes verwaschenes Transparent behauptete: »Willkommen in Realito!«

Fachwerkhäuser an der Hauptstraße, eine plötzliche Ansammlung von Läden, hinter beschlagenen Scheiben die Lichter eines Drugstores an der Ecke, Wagen vor einem winzigen Lichtspieltheater und an einer anderen Ecke eine im Dunkeln liegende Bank, vor der eine Gruppe Männer im Regen stand. Das war Realito. Danach umringten mich wieder öde Felder.

Die Gegend lag hinter dem Orange-Gürtel; nichts als öde Felder und bucklige Vorberge und der Regen.

Es war eine gute Meile, wahrscheinlich waren es sogar drei, ehe ich eine Seitenstraße entdeckte und dahinter ein gedämpftes Licht wie von den zugezogenen Fensterblenden eines Hauses. Gerade in diesem Augenblick sank mein linker Vorderreifen mit einem wütenden Zischen in sich zusammen. Großartig. Dann sackte auch der rechte Hinterreifen mit dem gleichen Geräusch ein. Beinahe genau auf der Kreuzung kam ich zum Halten. Das war wirklich großartig. Ich stieg aus, schlug den Kragen meines Regenmantels etwas höher, nahm eine Taschenlampe und sah eine Schar kräftiger vernickelter Tapeziernägel mit Köpfen in der Größe von Groschenstücken auf der Fahrbahn. Der flache glänzende Kopf eines von ihnen blinkte mir aus meinem Reifen entgegen. Zwei Plattfüße und ein Reservereifen. Ich zog das Kinn ein und ging auf den Lichtschein oben an der Seitenstraße zu.

Es war der gesuchte Ort. Das Licht kam aus einem angelehnten Oberlicht im Dach des Werkstattschuppens. Das große Doppeltor an der Vorderseite war fest geschlossen, aber durch die Spalte fiel Licht, helles weißes Licht. Ich richtete den Strahl der Taschenlampe nach oben und las: »Art Huck – Autoreparaturen – Lackiererei«.

Hinter der Werkstatt stand, etwas von der schlammigen Straße zurückgesetzt, ein Haus hinter einer dünnen Baumreihe. Auch dort brannte Licht. Vor der Holzveranda stand ein kleines Coupé fahrbereit.

Das wichtigste waren die Reifen, wenn es sich machen ließ; außerdem kannten sie mich hier nicht. Die Nacht war zu naß für einen Fußmarsch.

Ich knipste die Taschenlampe aus und klopfte damit gegen das Tor. Das Licht innen ging aus. Ich stand da, leckte mir den Regen von der Oberlippe, die Taschenlampe in der linken Hand, die rechte unter meiner Jakke. Die Luger stak wieder unter meinem Arm.

Eine Stimme sprach hinter dem Tor, und sie klang nicht erfreut: »Was wollen Sie? Wer sind Sie?«

»Machen Sie auf«, antwortete ich. »Ich habe zwei platte Reifen und nur ein Reserverad. Ich brauche Hilfe.«

»Wir haben geschlossen, Mister. Realito liegt eine Meile westlich.«

Ich begann gegen die Tür zu treten. Innen wurde geflucht, dann meldete sich eine andere, viel sanftere Stimme. »Ein Dickkopf, scheint's. Mach auf, Art.«
Ein Riegel quietschte, und der eine Torflügel wich nach innen zurück. Ich knipste die Taschenlampe wieder an, und ihr Strahl traf auf ein hageres Gesicht. Dann fuhr ein Arm vor und schlug sie mir aus der Hand. In der zuschlagenden Hand hatte ich gerade noch eine Waffe wahrgenommen.
Ich ließ mich fallen, tastete nach der Taschenlampe und verhielt mich still. Fast hätte ich die Pistole gezogen, konnte mich aber beherrschen.
»Löschen Sie die Lampe, Mister. Durch zuviel Licht sind schon Leute zu Schaden gekommen.«
Die Lampe brannte im Schlamm. Ich machte sie aus und richtete mich auf. Das Licht in der Werkstatt ging wieder an und beleuchtete den Umriß eines großen Mannes im Overall. Er wich nach innen zurück und hielt die Waffe auf mich gerichtet.
»Kommen Sie rein, und schließen Sie die Tür.«
Ich gehorchte. »Die ganze Straße liegt voller Nägel«, sagte ich. »Deshalb dachte ich, Sie wollen gern was verdienen.«
»Sind Sie noch bei Verstand? Heute nachmittag wurde in Realito die Bank überfallen.«
»Ich bin fremd hier«, antwortete ich, erinnerte mich aber an die Gruppe Männer im Regen vor der Bank.
»Schon gut, aber heute nachmittag wurde die Bank ausgeraubt, und es wird behauptet, die Gauner hätten sich irgendwo in den Bergen versteckt. Und Sie sind in ihre Nägel reingefahren?«
»Anscheinend.« Ich sah mir den anderen Mann in der Werkstatt an.
Er war klein und untersetzt, hatte ein gelassenes braunes Gesicht und gelassene braune Augen. Er trug einen gegürteten Regenmantel aus braunem Leder. Sein brauner Hut hatte den üblichen eleganten Kniff und war trocken. Seine Hände steckten in seinen Taschen, und er sah gelangweilt aus.

In der Luft hing der scharfe süßliche Geruch von Zelluloselack. In der Ecke stand eine große Limousine, auf deren Kotflügel eine Spritzpistole lag. Es war ein fast neuer Buick. Er brauchte die frische Lackierung nicht, die er gerade erhielt.

Der Mann im Overall brachte die Waffe durch eine Seitentasche außer Sicht. Er sah den Mann in Braun an.

Der braune Mann fragte freundlich: »Wo kommen Sie her, Fremder?«

»Von Seattle«, antwortete ich.

»Wollen nach Westen – in die große Stadt?« Er hatte eine sanfte Stimme, sanft und trocken wie das Rascheln von lange getragenem Leder.

»Ja. Wie weit ist es bis dahin?«

»Etwa vierzig Meilen. Bei dem Wetter aber ziemlich weit. Haben eine lange Fahrt hinter sich, wie? Über Tahoe und Lone Pine?«

»Nicht über Tahoe«, antwortete ich. »Über Reno und Carson City.«

»Trotzdem eine lange Fahrt.« Ein flüchtiges Lächeln spielte um die braunen Lippen. »Nimm einen Wagenheber, und hol seine Reifen, Art.«

»Hör mal, Lash . . .«, grollte der Mann im Overall und brach ab, als ob ihm die Kehle vom einen Ohr zum anderen durchschnitten worden wäre.

Ich hätte schwören können, daß er schauderte. Es herrschte Totenstille. Der braune Mann regte sich mit keinem Muskel. Etwas blitzte aus seinen Augen, und dann senkte er sie, beinahe schüchtern. Seine Stimme blieb das gleiche sanfte trockene Rascheln. »Nimm gleich zwei Wagenheber mit, Art. Er hat zwei Platte.«

Der hagere große Mann schluckte. Dann ging er in eine Ecke, zog einen Mantel an und setzte eine Mütze auf. Er griff nach einem Sockelheber und einem Hebeeisen und rollte einen großen Wagenheber vor das Tor.

»Unten auf der Hauptstraße?« fragte er mich fast demütig.

»Ja«, antwortete ich. »Für das eine Rad können Sie das Reserverad nehmen, wenn Sie's eilig haben«, sagte ich.

»Es hat keine Eile«, sagte der Mann in Braun und betrachtete seine Fingernägel.

Art ging mit seinem Werkzeug hinaus. Das Tor schloß sich wieder. Ich betrachtete mir den Buick, nicht Lash Yeager. Aber ich wußte, daß er Lash Yeager war. Es konnte nicht zwei Männer geben, die Lash hießen und zu der Werkstatt hier kamen. Ich konnte ihn nicht ansehen, weil ich hinter ihm die ausgestreckte Leiche von Larry Batzel gesehen hätte, und das hätte sich in meinem Gesicht verraten.

Er sah selbst zu dem Buick hinüber. »Nur eine Schönheitsreparatur«, sagte er lässig. »Aber der Mann, dem er gehört, hat Geld, und sein Fahrer braucht ein paar Dollar. Sie kennen das ja.«

»Gewiß«, antwortete ich.

Die Minuten schlichen auf Zehenspitzen vorbei. Lange, schleppende Minuten. Dann knirschten draußen Schritte, und das Tor wurde aufgestoßen. Das Licht fiel auf die Regenschnüre und machte Silberdraht aus ihnen. Art rollte mürrisch zwei schlammbedeckte Reifen herein, stieß den Torflügel mit dem Fuß zu und sah mich wild an.

»Seattle«, knurrte er grimmig. »Seattle!«

Der Mann in Braun zündete sich eine Zigarette an, als ob er ihn nicht gehört hätte. Art schälte sich aus seinem Mantel, warf einen Reifen auf einen Deckenspanner, riß wütend die Decke herunter und hatte im Nu den Schlauch herausgezerrt und das Loch geflickt. Finster kam er neben mir zur Wand und griff nach einem Druckluftschlauch, ließ so viel Luft in den Schlauch, daß er Form bekam, und hob ihn mit beiden Händen, um ihn in eine Wanne mit Wasser zu tauchen.

Ich war der Dumme, aber ihre Teamarbeit war auch sehr gut. Keiner von beiden hatte den anderen angesehen, seit Art mit meinen Reifen zurückgekommen war.

Art hob den luftgefüllten Reifen beiläufig hoch, zog ihn mit beiden Händen weit auseinander, prüfte ihn mißmutig neben der Wasserwanne, machte einen kurzen

Schritt vor und streifte ihn mir mit einem Schlag über Kopf und Schultern. Die Hände konnte ich noch bewegen, aber nicht nach meiner Waffe greifen.
Der Mann in Braun nahm die rechte Hand aus der Tasche, zog dabei eine festgewickelte Rolle Münzen heraus, warf sie in die Luft und fing sie wieder auf, während er flink näher kam.
Ich beugte mich scharf zurück, warf mich dann plötzlich mit meinem ganzen Gewicht nach vorn. Ebenso plötzlich ließ Art den Schlauch los und stieß mir das Knie in den Rücken.
Ich fiel vornüber, aber ich spürte nicht mehr, wie ich auf den Boden schlug. Die Faust mit der schweren Rolle Münzen traf mich mitten im Fallen. Zeitlich perfekt abgestimmt, mit genau der erforderlichen Wucht und verstärkt noch durch mein eigenes Gewicht.
Ich erlosch wie ein Fünkchen im Luftzug.

Anscheinend war es eine Frau, und sie saß neben einer Lampe. Licht fiel mir ins Gesicht, deshalb schloß ich die Augen wieder und versuchte die Frau zwischen den Wimpern zu erkennen. Sie war so platinblond, daß ihr Kopf wie eine silberne Obstschale glänzte.
Sie trug ein maskulin geschnittenes grünes Reisekostüm, und ein breiter weißer Kragen fiel über die Aufschläge ihrer Jacke. Eine kantige glänzende Tasche stand zu ihren Füßen. Sie rauchte, und neben ihrem Ellbogen glänzte ein hohes Glas mit einem bernsteinfarbenen Getränk.
Ich öffnete die Lider und sagte: »Hallo.«
Ihre Augen waren die Augen, an die ich mich erinnerte, seit ich sie vor Sardi in einem Rolls-Royce aus zweiter Hand gesehen hatte. Sehr blaue Augen, sanft und schön. Nicht die Augen eines Flittchens von Burschen, die ihr Geld auf schnelle Weise machen.
»Wie fühlen Sie sich?« Auch die Stimme war sanft und schön.
»Großartig, wenn ich einmal davon absehe, daß jemand meinen Kiefer mit einem Amboß verwechselt hat«, antwortete ich.

»Was hatten Sie erwartet, Mister Carmady? Orchideen?«

»Sie wissen also, wie ich heiße?«

»Sie haben fest geschlafen. Es war also reichlich Zeit, Ihre Taschen zu durchsuchen, und außer Einbalsamieren hat man ungefähr alles mit Ihnen gemacht.

»Wie wahr«, stimmte ich zu.

Ich konnte mich etwas bewegen, wenn auch nicht sehr viel. Die Hände waren mir mit Handschellen auf den Rücken gefesselt. Darin lag eine gewisse poetische Gerechtigkeit. Von den Handschellen führte ein Strick zu meinen Knöcheln, der sie zusammenschnürte, verschwand dann am Ende des Diwans außer Sicht und war irgendwo anders festgebunden. Ich war fast so hilflos wie in einem Sarg.

»Wie spät ist es?«

Sie blickte seitlich auf ihr Handgelenk, hinter die Rauchspirale ihrer Zigarette.

»Siebzehn Minuten nach zehn. Sind Sie verabredet?«

»Ist das hier das Haus neben der Werkstatt? Wo sind die beiden Herren – heben die schon ein Grab aus?«

»Das kann Ihnen egal sein, Carmady. Sie kommen wieder.«

»Auch wenn Sie zufällig nicht den Schlüssel zu diesen Armbändern haben sollten, könnten Sie mir einen Schluck abgeben.«

Sie ging nicht in die Luft, sondern stand auf und kam mit dem hohen bernsteinfarbenen Glas in der Hand zu mir. Sie beugte sich über mich. Ihr Atem war köstlich. Ich mußte mir allerdings den Hals verrenken, um zu trinken.

»Hoffentlich tun sie Ihnen nichts«, sagte sie zurückhaltend. »Ich hasse Töten.«

»Sie sind doch Joe Mesarveys Frau. Schämen Sie sich. Geben Sie mir noch einen Schluck.«

Sie ließ mich noch einmal trinken. Das Blut in meinem steifen Körper kam wieder in Gang.

»Irgendwie gefallen Sie mir«, sagte sie. »Obwohl Ihr Gesicht wie ein Fußabtreter aussieht.«

»Machen Sie sich nichts daraus«, antwortete ich. »Es wird selbst so nicht mehr lange halten.«

Sie sah sich schnell um und schien zu lauschen. Eine der beiden Türen war nur angelehnt, zu dieser blickte sie hinüber. Sie schien zu erbleichen. Aber die Geräusche stammten nur vom Regen.

Sie setzte sich wieder neben der Lampe hin.

»Warum mußten Sie Kopf und Kragen riskieren und hierherkommen?« fragte sie langsam mit gesenktem Kopf.

Der Teppich bestand aus roten und hellbraunen Quadraten. Auf der Tapete waren leuchtendgrüne Fichten, und die Vorhänge glänzten blau. Was sich von den Möbeln in meinem Blickfeld befand, sah aus, als stamme es aus einem der Geschäfte, die ihre Werbeplakate an den Wartebänken von Bushaltestellen anschlagen.

»Ich hatte eine Rose für Sie«, sagte ich. »Von Larry Batzel.«

Sie nahm etwas vom Tisch und drehte es langsam zwischen den Fingern: die Zwergrose, die er für sie bei mir hinterlassen hatte.

»Ich habe sie bekommen«, sagte sie still. »Es war auch ein Zettel dabei, aber den haben sie mir nicht gezeigt. War er für mich?«

»Nein, für mich. Er ließ ihn auf meinem Tisch liegen, ehe er fortging und abgeknallt wurde.«

Ihr Gesicht zerfiel wie etwas, das man in einem Alptraum sieht. Ihr Mund und ihre Augen wurden zu schwarzen Höhlen. Sie gab keinen Laut von sich. Aber nach einem kurzen Augenblick faßte sie sich und bekam wieder die gleichen ruhigen und schönen Züge.

»Das haben sie mir auch nicht gesagt«, sagte sie leise.

»Er wurde erschossen«, sagte ich behutsam, »weil er herausgefunden hatte, was Joe und Lash Yeager mit Dud O'Mara gemacht hatten. Den haben sie auch umgebracht.«

Das berührte sie überhaupt nicht. »Joe hat Dud nichts getan«, entgegnete sie ruhig. »Ich habe Dud seit zwei Jahren nicht mehr gesehen. Daß ich mich mit ihm getroffen haben soll, war nur Zeitungsklatsch.«

»Es hat nicht in den Zeitungen gestanden«, sagte ich. »Wer es auch behauptet hat, es war nur Klatsch. Joe ist in Chicago. Er ist gestern hingeflogen, um seinen Besitz zu verkaufen. Wenn das Geschäft klappt, sollen Lash und ich nachkommen. Joe ist kein Mörder.«
Ich starrte sie nur an.
Ihre Augen nahmen wieder einen gehetzten Ausdruck an. »Ist Larry – ist er . . .?«
»Er ist tot«, sagte ich. »Es war Profiarbeit, mit einer Maschinenpistole. Ich glaube nicht, daß die Täter persönlich interessiert waren.«
Sie nahm die Unterlippe zwischen die Zähne und hielt sie einen Augenblick lang fest. Ich konnte ihr langsames, mühsames Atmen hören. Sie zerdrückte die Zigarette im Aschenbecher und stand auf.
»Joe hat es nicht getan!« rief sie leidenschaftlich. »Ich weiß verdammt genau, daß er's nicht gewesen ist. Er . . .« Sie brach scharf ab, sah mich mit funkelnden Augen an, berührte ihr Haar und riß es sich plötzlich ab. Es war ein Perücke. Ihr eigenes Haar darunter war kurz wie das eines Knaben, gelb und weißlichbraun gestreift mit dunkleren Tönen an den Wurzeln. Sie wurde dadurch nicht häßlicher.
Mir gelang ein kurzes Auflachen. »Sie sind nur hierhergekommen, um sich zu mausern, nicht wahr, Silberschopf? Und ich habe geglaubt, Sie würden hier von denen versteckt gehalten – damit es so aussähe, als ob Sie mit Dud O'Mara durchgebrannt wären.«
Sie starrte mich weiter an, als ob sie keines meiner Worte gehört hätte. Dann trat sie vor einen Wandspiegel und setzte die Perücke wieder auf, schob sie zurecht, drehte sich um und sah mich an.
»Joe hat niemanden umgebracht«, sagte sie wieder mit leiser angestrengter Stimme. »Er ist ein Lump, aber keiner von dieser Sorte. Er weiß nicht mehr über Dud O'Mara als ich. Und ich weiß gar nichts.«
»Er bekam einfach nur die reiche Frau satt und ist abgehauen«, sagte ich düster.
Sie stand jetzt in meiner Nähe, ihre herabhängenden

Hände schimmerten im Lampenlicht. Ihr Kopf über mir befand sich beinahe im Schatten. Der Regen trommelte, mein Kiefer war geschwollen und brannte, und der Nerv am Kieferknochen schmerzte, schmerzte stark.

»Lash hat den einzigen Wagen genommen, der hier war«, sagte sie gedämpft. »Können Sie bis Realito zu Fuß gehen, wenn ich den Strick durchschneide?«

»Gewiß. Aber was dann?«

»Ich war nie in einen Mord verwickelt. Ich will es auch jetzt nicht werden. Nie.«

Sehr schnell verließ sie das Zimmer, kam mit einem langen Küchenmesser zurück und sägte den Strick durch, der meine Knöchel fesselte, riß ihn los und schnitt ihn an der Stelle ab, wo er an die Handschellen gebunden war. Einmal hielt sie dabei inne, um zu lauschen, aber es war wieder nur der Regen.

Ich wälzte mich in eine sitzende Stellung und stand auf. Meine Füße waren gefühllos, aber das würde sich geben. Ich konnte gehen. Ich konnte laufen, wenn es sein mußte.

»Den Schlüssel zu den Handschellen hat Lash«, sagte sie düster.

»Gehen wir«, sagte ich. »Haben Sie eine Waffe?«

»Nein. Und ich komme nicht mit. Verschwinden Sie. Er kann jeden Augenblick zurückkommen. Sie haben nur Material aus der Werkstatt weggeschafft.«

Ich trat näher an sie heran. »Sie wollen hierbleiben, nachdem Sie mich freigelassen haben? Auf diesen Mörder warten? Sie sind wahnsinnig! Kommen Sie, Silberschopf, gehen Sie mit mir.«

»Nein.«

»Angenommen, er hat O'Mara getötet«, sagte ich. »Dann hat er auch Larry umgebracht. Es kann nicht anders sein.«

»Joe hat niemals jemanden umgebracht!« Fast fauchte sie mich an.

»Und angenommen, Yeager war's?«

»Sie lügen, Carmady, nur um mir Angst zu machen. Verschwinden Sie. Ich fürchte mich nicht vor Lash Yeager. Ich bin die Frau seines Chefs.«

»Joe Mesarvey ist eine Handvoll Dreck«, fauchte ich zurück. »Eine Frau wie Sie fällt nur auf einen Halunken herein, wenn er eine Handvoll Dreck ist. Verschwinden wir.«

»Gehen Sie!« sagte sie heiser.

»Na schön«, sagte ich, drehte mich um und ging durch die Tür.

Sie rannte beinahe an mir vorbei in den Vorraum, öffnete mir die Haustür und blickte in die schwarze Nässe hinaus. Dann winkte sie mir weiterzugehen.

»Leben Sie wohl«, flüsterte sie. »Hoffentlich finden Sie Dud. Hoffentlich bekommen Sie heraus, wer Larry getötet hat. Aber Joe war es nicht.«

Ich trat dicht an sie heran, drängte sie mit meinem Körper beinah gegen die Wand. »Sie sind völlig verrückt, Silberschopf. Leben Sie wohl.«

Sie hob schnell die Hände und legte sie um mein Gesicht. Kalte Hände, eiskalte. Sie küßte mich mit kalten Lippen flüchtig auf den Mund.

»Verschwinden Sie, starker Mann. Wir werden uns schon wiedersehen. Vielleicht im Himmel.«

Ich ging aus der Tür und die dunklen glitschigen Holzstufen der Veranda hinunter, über den Kies zu dem runden Rasenstück und der Gruppe vereinzelter Bäume. Hinter ihnen erreichte ich die Straße und ging weiter zum Foothill Boulevard hinunter. Der Regen traf mein Gesicht mit Eisfingern, die nicht kälter als Monas Finger waren.

Mein Wagen stand noch an der gleichen Stelle, wo ich ihn verlassen hatte; auf die Seite geneigt, ruhte er mit der Vorderachse links auf dem Asphalt der Straßendecke. Mein Reserverad und eine leere Felge waren in den Straßengraben geworfen worden.

Wahrscheinlich hatten sie den Wagen durchsucht; trotzdem hatte ich noch Hoffnung. Ich kroch auf dem Rücken hinein, stieß mir den Kopf an der Steuersäule, wälzte mich auf die Seite, um mit meinen gefesselten Händen die kleine Geheimtasche mit meiner Waffe zu erreichen. Meine Finger berührten ihren Lauf. Die Waffe war noch da.

Ich zog sie heraus, kroch mühsam wieder aus dem Wagen, konnte die Waffe am Griff packen und prüfte sie. Ich drückte sie fest an den Rücken, um sie etwas vor dem Regen zu schützen, und machte mich auf, zurück zum Haus.

Ich hatte die Hälfte des Weges hinter mir, als er zurückkam. Seine schnell von der Hauptstraße abbiegenden Scheinwerfer erfaßten mich beinahe. Ich ließ mich rasch in den Graben fallen, drückte die Nase in den Schlamm und betete.

Der Wagen summte an mir vorbei. Ich hörte das nasse Surren seiner Reifen, als er den Kies vor dem Haus hochschleuderte. Das Motorgeräusch erstarb, die Scheinwerfer erloschen, eine Tür schlug zu. Ich hörte nicht, daß die Haustür geschlossen wurde, hatte aber zwischen den Bäumen einen schwachen Lichtschimmer wahrgenommen, als sie aufging.

Ich erhob mich und schlich weiter. Ich erreichte den Wagen, ein kleines, ziemlich altes Coupé. Die Waffe hielt ich an meiner Seite, schob sie so weit um die Hüfte herum, wie die Handschellen es zuließen.

Das Coupé war leer. Das Wasser im Kühler gurgelte. Ich lauschte und vernahm nichts vom Haus her. Keine lauten Stimmen, keinen Streit. Nur das schwere Bong-Bong-Bong der Regentropfen in der Dachtraufe.

Yeager befand sich im Haus. Mich hatte sie gehen lassen, und jetzt war sie mit Yeager drin. Wahrscheinlich würde sie ihm überhaupt nichts sagen. Sie würde nur dastehen und ihn ansehen. Sie war die Frau seines Chefs. Aber das würde Yeager zu Tode ängstigen.

Er würde nicht mehr lange bleiben, aber sie auch nicht zurücklassen, weder lebendig noch tot. Er würde sich auf den Weg machen und sie mitnehmen. Was später aus ihr wurde, war etwas anderes.

Ich brauchte nur darauf zu warten, daß er herauskam. Aber das tat ich nicht.

Ich nahm die Waffe in die linke Hand und bückte mich, um eine Handvoll Kies aufzuheben. Die schleuderte ich

gegen die Vorderfenster. Es war vergebliche Mühe. Nur sehr wenige der Steinchen trafen die Scheiben.
Schnell lief ich zum Wagen zurück, bekam mühsam die Tür auf und sah die Schlüssel im Zündschloß. Ich kauerte mich auf das Trittbrett und stützte mich am Türrahmen.
Im Haus war schon alles dunkel, aber nichts regte sich. Kein Laut war zu hören. Nichts zu machen. Yeager war sehr vorsichtig.
Ich streckte einen Fuß aus, fand den Starter und erreichte dann unter Anstrengung mit einer Hand den Zündschlüssel und drehte ihn um. Der warme Motor sprang sofort an, übertönte surrend den rauschenden Regen.
Ich bekam wieder Boden unter die Füße, schlich zum Heck des Wagens und kauerte mich dort zusammen.
Das Surren des Motors heizte ihm ein. Er konnte hier nicht ohne Wagen zurückbleiben.
Ein dunkles Fenster glitt einen Spaltbreit auf, nur der wandernde Reflex der Scheibe verriet, daß es sich bewegte. Flammen sprühten auf, begleitet von dem Knallen dreier schneller Schüsse. Am Coupé splitterte Glas.
Ich schrie auf und erstickte den Schrei in einem gurgelnden Stöhnen. Darin wurde ich langsam gut. Ich ließ das Stöhnen mit einem würgenden Keuchen abbrechen. Am Ende, fertig. Er hatte mich erwischt. Sauber geschossen, Yeager.
Im Haus lachte ein Mann. Dann wieder Stille, außer dem Regen und dem steten Surren des Motors.
Vorsichtig wurde die Haustür geöffnet. Eine Gestalt zeigte sich darin. Sie kam auf die Veranda heraus, steif, etwas Weißes war an ihrem Hals zu erkennen, die Perücke wurde sichtbar, wenn auch nicht deutlich. Wie eine hölzerne Marionette kam sie die Stufen herab. Ich sah Yeager, der sich hinter sie duckte.
Sie kam über den Kies. Ihre Stimme sagte zögernd und ohne jede Betonung: »Ich kann überhaupt nichts erkennen, Lash. Die Scheiben sind völlig beschlagen.«
Sie zuckte etwas zusammen, als ob ihr eine Waffe gegen den Rücken gepreßt würde, und kam näher. Yeager

sagte nichts. Ich konnte ihn jetzt hinter ihrer Schulter wahrnehmen, seinen Hut, einen Teil seines Gesichts. Aber das reichte für einen Schuß aus gefesselten Händen nicht aus.

Wieder blieb sie stehen, und ihre Stimme war plötzlich voller Entsetzen. »Er sitzt am Steuer!« schrie sie. »Vornübergesunken.«

Darauf fiel er herein. Er stieß sie zur Seite und begann zu feuern. Wieder flogen Glassplitter umher. Ein Geschoß traf einen Baum auf meiner Seite des Wagens. Irgendwo zirpte eine Grille. Der Motor surrte unbeirrt weiter.

Er war tief zusammengekauert vor der Schwärze, sein Gesicht etwas formloses Graues, das nach dem blendenden Mündungsfeuer der Schüsse nur langsam wiederaufzutauchen schien. Doch sein Feuer hatte auch ihn geblendet – für eine Sekunde. Das genügte.

Ich schoß viermal auf ihn, preßte die zuckende Waffe dabei gegen meine Rippen.

Er versuchte sich umzudrehen, und seine Waffe glitt ihm dabei aus der Hand. Halb griff er noch in der Luft nach ihr, ehe sich seine beiden Hände plötzlich gegen den Bauch drückten und dort blieben. Er setzte sich auf den nassen Kies, und sein scharfes Keuchen übertönte jeden anderen Laut der nassen Nacht.

Ich beobachtete, wie er sich auf die Seite legte, sehr langsam und ohne die Hände vom Bauch zu nehmen. Das Keuchen hörte auf.

Eine Ewigkeit schien zu vergehen, ehe Silberschopf nach mir rief. Dann war sie neben mir, packte mich am Arm.

»Stellen Sie den Motor ab!« schrie ich ihr zu. »Und nehmen Sie ihm den Schlüssel zu diesen verdammten Eisen aus der Tasche.«

»Sie verfluchter Narr«, stammelte sie. »Sie verfluchter Narr. Warum sind Sie zurückgekommen?«

Captain Al Roof von der Vermißtenzentrale schwang sich im Sessel herum und blickte aus dem sonnigen Fenster. Es war ein neuer Tag, und der Regen hatte vor langem aufgehört.

Brummig sagte er: »Sie begehen eine Menge Fehler, Freund. Dud O'Mara ist einfach untergetaucht. Keiner dieser Leute hat ihn umgelegt. Der Mord an Batzel hat nichts mit ihm zu tun. Man hat Mesarvey in Chicago gefaßt, und es sieht aus, als ob er sauber wäre. Der Typ, den Sie an den Toten gefesselt haben, weiß nicht einmal, in wessen Auftrag er gehandelt hat. Unsere Leute haben ihn gründlich genug verhört, um da ganz sicher zu sein.«

»Darauf möchte ich wetten«, sagte ich. »Ich war die ganze Nacht über in dem gleichen Eimer, und ich habe ihnen auch nicht viel erzählen können.«

Er wandte mir langsam seine großen finsteren müden Augen zu. »Yeager umzulegen, das war vermutlich in Ordnung. Und den Mann mit der Maschinenpistole unter den gegebenen Umständen auch. Außerdem gehöre ich nicht zum Morddezernat. Ich könnte nichts von dem allem mit O'Mara in Verbindung bringen – falls Sie das nicht können.«

Ich konnte es, hatte es aber nicht getan. Noch nicht. »Nein«, antwortete ich, »wahrscheinlich nicht.« Ich stopfte meine Pfeife und zündete sie an. Nach der schlaflosen Nacht schmeckte sie bitter.

»Haben Sie sonst noch Sorgen?«

»Ich habe mich gewundert, daß Sie die Frau nicht in Realito gefunden haben. Es hätte doch nicht sehr schwer sein können – für Sie.«

»Wir haben es eben einfach nicht. Wir hätten es tun sollen, das gebe ich zu. Aber wir haben es nicht geschafft. Sonst noch was?«

Ich blies Rauch über seinen Schreibtisch. »Ich suche nach O'Mara, weil der General es von mir wünscht. Es hatte keinen Sinn, ihm zu erklären, daß Sie alles täten, was getan werden konnte. Er kann sich einen Mann leisten, der seine ganze Zeit darauf verwendet. Wahrscheinlich verübeln Sie mir das.«

Er war nicht erheitert. »Ganz und gar nicht, wenn er

sein Geld vergeuden will. Die Leute, die Ihnen etwas verübeln, sitzen hinter der Tür mit dem Schild ›Morddezernat‹.«

Er setzte die Füße knallend auf den Boden und stützte sich auf die Ellbogen. »O'Mara hatte fünfzehntausend in der Tasche. Das ist eine Menge Pulver, aber O'Mara war es zuzutrauen, daß er soviel bei sich hat. Er konnte es also seinen alten Freunden zeigen und damit vor ihnen renommieren, nur glaubten sie ihm nicht, daß die fünfzehntausend richtiges Geld waren. Seine Frau sagte, es sei richtig gewesen. Bei jedem anderen als einem ehemaligen Schnapsschmuggler, der sein Schäfchen ins trockne gebracht hat, könnte das auf die Absicht hinweisen, zu verschwinden. Aber nicht bei O'Mara. Der trug immer soviel bei sich.«

Er biß eine Zigarre ab und hielt ein Streichholz daran. Er winkte mit einem großen Finger. »Verstehen Sie?«

Ich nickte.

»Also gut. O'Mara hatte fünfzehntausend, und fünfzehntausend sind ein schönes Polster. Wenn ich soviel hätte, würde ich vielleicht selbst verschwinden. Aber wenn es alle ist, erwischen wir ihn. Er löst einen Scheck ein, hinterläßt eine Spur, nimmt bei einem Hotel oder in einem Geschäft Kredit, nennt einen Bürgen, schreibt einen Brief oder erhält einen. Er ist in einer neuen Stadt und hat einen neuen Namen angenommen, aber er hat den gleichen alten Appetit. Auf die eine oder andere Weise muß er ins fiskalische System zurück. Keiner kann überall Freunde haben, und wenn doch, dann halten sie nicht für ewig und alle Zeiten den Mund. Oder?«

»Nein, das täten sie nicht«, bestätigte ich.

»Er ist weit fort«, sagte Roof. »Aber die fünfzehntausend waren alles, was er an Vorbereitungen getroffen hat. Kein Gepäck, keine Buchung für ein Schiff, die Bahn oder ein Flugzeug, kein Taxi oder Leihwagen zu irgendeinem Ort in der Stadt. Das ist alles nachgeprüft. Sein Wagen wurde ein Dutzend Blocks von seiner Wohnung entfernt gefunden. Aber das hat nichts zu besagen. Er kannte Leute, die ihn ein paar hundert Meilen weit

weggebracht und darüber geschwiegen hätten, selbst wenn eine hohe Belohnung ausgesetzt würde. Hier ja, aber nicht überall; nicht neue Freunde.«
»Aber Sie werden ihn fassen«, sagte ich.
»Sobald er Hunger bekommt.«
»Das könnte ein Jahr oder zwei dauern. General Winslow lebt vielleicht kein Jahr mehr. Hier geht es um Gefühle, nicht darum, ob Sie einen ungeklärten Fall zurücklassen, wenn Sie in Pension gehen.«
»Dann kümmern Sie sich um die Gefühle, Mann.« Seine Augen wanderten, und die buschigen roten Augenbrauen wanderten mit. Er konnte mich nicht leiden. An diesem Tag konnte niemand im Polizeipräsidium mich leiden.
»Das täte ich gern«, sagte ich und stand auf. »Vielleicht würde ich sogar ziemlich weit gehen, um diesen Gefühlen gerecht zu werden.«
»Gewiß«, sagte Roof plötzlich nachdenklich. »Na ja, Winslow ist ein großer Mann. Wenn ich irgendwie helfen kann, lassen Sie es mich wissen.«
»Sie könnten aufklären, wer Larry Batzel erschießen ließ«, sagte ich. »Selbst wenn es nicht im Zusammenhang mit O'Mara stand.«
»Das wollen wir machen, gern. Selbstverständlich«, antwortete er mit schallendem Gelächter. »Sie brauchen nur die Leute umzulegen, die was erzählen können, und wir besorgen den Rest. So arbeiten wir am liebsten.«
»Es war Notwehr«, widersprach ich grollend. »Ich konnte nicht anders.«
»Klar. Verschwinden Sie, Mann. Ich habe zu tun.«
Aber seine großen finsteren Augen blinzelten mir nach, als ich hinausging.

Der Morgen war voller Blau und Gold, und die Vögel in den Zierbäumen auf Winslows Anwesen tirilierten nach dem Regen wie verrückt.
Der Wachmann am Tor ließ mich durch das Seitenportal ein, und ich ging die Auffahrt entlang und über die oberste Terrasse zu der riesigen geschnitzten italieni-

schen Eingangstür. Ehe ich auf die Klingel drückte, blickte ich den Abhang hinunter und sah den jungen Trevillyan auf seiner Steinbank sitzen, den Kopf in die Hände gestützt und ins Leere starrend.

Ich ging über den gepflasterten Weg zu ihm hinunter.

»Heute keine Pfeile, mein Junge?«

Er blickte aus seinen schmalen schiefergrauen tiefliegenden Augen zu mir auf. »Nein. Haben Sie ihn gefunden?«

»Deinen Vater? Nein, Söhnchen, noch nicht.«

Er riß den Kopf hoch. Seine Nasenlöcher weiteten sich wütend. »Er *ist* nicht mein Vater, das habe ich Ihnen doch gesagt. Und reden Sie nicht mit mir, als ob ich vier Jahre alt wäre. Mein Vater ist – er ist irgendwo in Florida oder sonstwo.«

»Nun, ich habe ihn noch nicht gefunden, wessen Vater er auch ist«, antwortete ich.

»Wer hat Ihnen eins ans Kinn versetzt?« fragte er, wobei er mich scharf musterte.

»Oh, einer mit einer Rolle Münzen in der Hand.«

»Münzen?«

»Ja, die sind so gut wie ein Schlagring. Versuch's gelegentlich mal, aber bitte nicht an mir.« Ich grinste.

»Sie werden ihn nie finden«, sagte er bitter und starrte mein Kinn an. »Ich meine den Mann meiner Mutter.«

»Wetten, daß doch?«

»Um wieviel wetten wir?«

»Um mehr Geld, als selbst du in der Tasche hast.«

Er trat wütend nach den roten Platten des Gehwegs. Seine Stimme klang noch verdrossen, war aber freier; seine Augen waren berechnend.

»Wollen Sie auf sonst noch was wetten? Kommen Sie auf den Schießstand. Ich setze einen Dollar gegen Sie, daß ich mit zehn Schüssen acht Tonpfeifen treffe.«

Ich drehte mich nach dem Haus um. Niemand schien mich ungeduldig zu erwarten.

»Gut«, sagte ich, »aber wir müssen uns beeilen. Komm.«

Wir gingen seitlich am Haus unter den Fenstern vorbei.

Weit im Hintergrund war das Orchideentreibhaus über Baumwipfeln zu sehen. Ein Mann in einer ordentlichen Korduniform polierte vor den Garagen die Chrombeschläge eines großen Wagens. Wir gingen an ihm vorbei zu dem flachen weißen Bau, der in den Hang hineingebaut war.
Der Junge zog einen Schlüssel aus der Tasche, schloß auf, und wir betraten einen stickigen Raum. In der Luft hingen noch Spuren von Kordit. Der Junge ließ ein Schnappschloß an der Tür einrasten.
»Ich zuerst«, forderte er.
Der Raum ähnelte einer der kleinen Schießbuden am Strand. Auf einer Theke lagen ein Repetiergewehr Kaliber 22 und eine lange schlanke Scheibenpistole. Beide waren gut geölt, aber staubig. Etwa zehn Meter hinter der Theke zog sich eine hüfthohe, solide aussehende Trennwand quer durch den Raum, und darüber befand sich ein einfaches Arrangement aus Tonpfeifen und Enten und zwei runden weißen Zielscheiben mit schwarzen Ringen und Flecken von alten Treffern.
Die Tonpfeifen bildeten eine waagrechte Linie in der Mitte, und über ihnen befanden sich ein großes Oberlichtfenster und eine Reihe verkleideter Scheinwerfer.
Der Junge zog an einer Schnur, und eine Blende aus dichtem Segelleinen schloß sich vor dem Oberlichtfenster. Er schaltete die Scheinwerfer ein, und jetzt sah der Raum noch mehr wie eine Schießbude aus.
Er griff nach dem Gewehr und lud es schnell aus einer Pappschachtel.
»Ein Dollar, daß ich mit zehn Schuß acht treffe?«
»Schieß los«, sagte ich und legte meinen Einsatz auf die Theke.
Er zielte fast sorglos, schoß zu schnell, weil er angeben wollte. Er verfehlte die Pfeifen bei drei Schüssen. Trotzdem war es eine bemerkenswerte Leistung. Er warf das Gewehr auf die Theke.
»Das gilt nicht. Ich war noch nicht soweit. Stecken Sie ein paar neue Pfeifen auf«, sagte er.
»Geld verlieren tust du wohl nicht gern, Söhnchen?

Aber die Pfeifen steck dir mal selbst auf. Das ist deine Schießbude.«

Sein schmales Gesicht wurde wütend und seine Stimme schrill. »Machen Sie das! Ich muß mich erst entspannen, verstehen Sie? Ich muß mich entspannen.«

Ich zuckte mit den Schultern, hob die Klappe in der Theke hoch, ging an der weißgetünchten Wand entlang und neben dem Ende der Trennwand vorbei nach hinten. Der Junge ließ das Schloß des frisch geladenen Gewehrs zuschnappen.

»Leg es sofort hin«, rief ich scharf. »Nimm nie eine Waffe in die Hand, solange jemand vor dir ist.«

Gekränkt legte er das Gewehr hin.

Ich bückte mich und suchte eine Handvoll Tonpfeifen aus dem Sägemehl einer Holzkiste auf dem Boden. Ich schüttelte die gelblichen Holzspäne von ihnen ab und wollte mich aufrichten. Aber ich hielt inne, als sich mein Hut über die Barriere hob, nur die Krone meines Hutes. Ich hatte keine Ahnung, warum ich innehielt. Blinder Instinkt.

Die 22er knallte, und das Bleigeschoß schlug in die Zielscheibe vor meinem Kopf. Mein Hut hob sich leicht an, so, als ob eine Amsel, die ihr Nest baute, ihn gestreift hätte.

Ein reizender Junge. Er steckte voller Tricks, genau wie Rotauge. Ich ließ die Tonpfeifen fallen und ergriff meinen Hut bei der Krempe und hob ihn ein paar Zoll über meinen Kopf hoch. Wieder knallte die Waffe, ein weiterer metallischer Einschlag auf der Zielscheibe.

Ich fiel schwer und schlaff auf die Kiste mit den Tonpfeifen.

Eine Tür wurde geöffnet und geschlossen. Das war alles. Weiter geschah nichts. Der grelle Schein der Lampen strahlte auf mich herunter. Die Sonne spähte um die Ränder der Blende vor dem Oberlicht. Auf der nächsten Zielscheibe waren deutlich zwei neue Einschüsse zu sehen, und in meinem Hut waren vier kleine runde Löcher, zwei auf jeder Seite.

Ich kroch bis ans Ende der Trennwand und spähte um

die Kante. Der Junge war verschwunden. Ich konnte die Mündungen der beiden Waffen auf der Theke erkennen.

Ich stand auf und ging an der Wand entlang nach vorn, schaltete das Licht aus, drehte den Knopf des Schnappschlosses zurück und ging hinaus. Der Chauffeur der Familie Winslow pfiff an der Garage vor sich hin, während er polierte.

Ich zerknüllte meinen Hut in den Händen, ging an der Seite des Hauses weiter und sah mich nach dem Jungen um. Aber ich konnte ihn nirgends entdecken. Ich klingelte am Vordereingang.

Ich fragte nach Mrs. O'Mara. Meinen Hut überließ ich dem Butler nicht.

Sie trug etwas in Austernweiß mit weißem Pelz an Manschetten und Kragen und um den Saum. Ein Servierwagen mit ihrem Frühstück stand neben ihrem Sessel, und sie schnippte Zigarettenasche auf das Geschirr.

Das schüchtern aussehende Stubenmädchen mit den hübschen Beinen kam herein, rollte den Servierwagen hinaus und schloß die hohe weiße Tür hinter sich. Ich setzte mich.

Mrs. O'Mara hatte den Kopf in die Kissen zurückgelegt und sah müde aus. Die Linie ihrer Kehle wirkte abweisend und kalt. Sie sah mich mit einem kühlen, harten Blick an, voller Abneigung.

»Gestern erschienen Sie mir noch recht menschlich«, sagte sie. »Aber ich sehe, daß Sie genauso ein brutaler Mensch sind wie alle anderen. Nur ein brutaler Polyp.«

»Ich bin gekommen, um Sie nach Lash Yeager zu fragen«, sagte ich.

Sie gab nicht einmal vor, sich darüber zu amüsieren. »Und was bringt Sie auf die Idee, gerade mich zu fragen?«

»Na ja, wenn Sie eine ganze Woche lang im ›Dardanella Club‹ praktisch gewohnt haben ...« Ich wedelte mit meinem zusammengeknüllten Hut.

Sie fixierte ihre Zigarette. »Ja, ich glaube, ich habe ihn kennengelernt. Ich erinnere mich an seinen ungewöhnlichen Namen.«

»Die haben alle solche Namen, diese Bestien«, sagte ich. »Anscheinend war Larry Batzel – vermutlich haben Sie von ihm in der Zeitung gelesen – früher mit Dud O'Mara befreundet. Gestern habe ich Ihnen nichts von ihm gesagt. Das war vielleicht ein Fehler.«

An ihrem Hals begann eine Ader zu pulsieren. Sie sagte leise: »In mir steigt der Verdacht auf, daß Sie sehr unverschämt werden wollen, daß ich Sie vielleicht sogar hinauswerfen lassen muß.«

»Nicht, ehe Sie mich angehört haben«, antwortete ich. »Es hat den Anschein, daß Yeagers Fahrer – sie haben auch Fahrer, nicht nur ungewöhnliche Namen, diese Bestien – Larry Batzel erzählt hat, Mister Yeager habe sich hier in der Nähe aufgehalten, in der Nacht, als O'Mara verschwand.«

Das alte Soldatenblut in ihr mußte doch für etwas gut sein. Sie zuckte nicht mit der Wimper. Sie erstarrte nur völlig.

Ich stand auf, nahm ihr die Zigarette aus den starren Fingern und drückte sie in einem Aschenbecher aus weißer Jade aus. Dann legte ich meinen Hut behutsam auf den weißen Satin über ihren Knien. Ich setzte mich wieder.

Ihre Augen wanderten eine Weile umher. Dann bewegten sie sich nach unten und betrachteten den Hut. Sie errötete sehr langsam, über ihren Backenknochen bildeten sich nach und nach zwei leuchtende Flecken. Ihre Zunge wühlte hinter geschlossenen Lippen.

»Ich weiß«, gab ich zu. »An dem Hut ist nicht viel dran. Ich wollte Ihnen damit auch kein Geschenk machen. Aber sehen Sie sich einmal die Schußlöcher darin an.«

Ihre Hand wurde lebendig und packte den Hut. Ihre Augen flammten auf. Sie wölbte den Hutkopf hoch, sah die Löcher an und schauderte.

»Yeager?« fragte sie sehr schwach. Es war eine gebrechliche Stimme, eine alte Stimme.

Sehr gemessen erwiderte ich: »Yeager würde keine Scheibenpistole vom Kaliber 22 benutzen, Mrs. O'Mara.«

Die Flammen in ihren Augen erloschen. Sie wurden

zu Teichen der Dunkelheit, viel leerer als Dunkelheit.

»Sie sind seine Mutter«, sagte ich. »Was wollen Sie jetzt unternehmen?«

»Barmherziger Gott! Dade! Er hat – auf Sie geschossen?«

»Zweimal«, antwortete ich.

»Aber warum? Warum denn nur?«

»Sie halten mich für einen gerissenen Hund, Mrs. O'Mara. Für einen dieser Kerle mit den harten Augen, von der anderen Seite. Wenn es so wäre, hätte ich es leicht. Aber ich bin das gar nicht. Muß ich Ihnen wirklich sagen, warum er auf mich geschossen hat?«

Sie sagte nichts, nickte nur langsam. Ihr Gesicht war jetzt eine Maske.

»Ich möchte sagen, daß er wahrscheinlich nichts dafür kann«, fuhr ich fort. »Zunächst mal wollte er nicht, daß ich seinen Stiefvater wiederfand. Dann ist er ein kleines Kerlchen, das einen Hang zum Geld hat. Das könnte geringfügig erscheinen, gehört aber zum Gesamtbild. Er hätte durch schlechtes Schießen fast einen Dollar an mich verloren. Das scheint eine Kleinigkeit zu sein, er lebt aber in einer kleinen Welt. Und das wichtigste ist selbstverständlich, daß er ein verrückter kleiner Sadist ist, dem es in den Fingern juckt, eine Waffe abzudrükken.«

»Wie können Sie das wagen!« fuhr sie mich an. Es hatte nichts zu bedeuten. Sie vergaß es selbst auf der Stelle wieder.

»Wie ich das wagen kann? Ich wage es eben. Wir wollen uns jetzt nicht darüber den Kopf zerbrechen, warum er auf *mich* geschossen hat. Ich bin ja doch nicht der erste, oder? Sie haben nicht die geringste Ahnung, wovon ich eigentlich spreche, Sie würden niemals auf den Gedanken kommen, daß er es vorsätzlich getan hat, oder?«

Sie rührte sich nicht und gab keine Antwort. Ich atmete tief ein.

»Darum wollen wir also darüber reden, warum er Dud O'Mara erschossen hat«, sagte ich.

Wenn ich damit gerechnet hätte, daß sie jetzt anfangen würde zu schreien, hätte ich mir selbst etwas vorgemacht. Der alte Mann in dem Orchideenhaus hatte ihr mehr mitgegeben als ihre Größe, ihr dunkles Haar und die kühnen Augen.

Sie schürzte die Lippen, und dadurch sah sie für eine Sekunde wie ein verängstigtes kleines Mädchen aus. Die Linien um ihre Wangen wurden schärfer, und ihre Hand bewegte sich nach oben wie eine künstliche, von Drähten gelenkte Hand und erfaßte den weißen Pelz vor ihrer Kehle, zog ihn straff und umklammerte ihn, daß die Knöchel wie gebleichtes Gebein aussahen. Danach starrte sie mich nur an.

Dann glitt mein Hut von ihren Knien auf den Boden, ohne daß sie sich bewegt hatte. Der Laut, mit dem er auf den Teppich aufschlug, war eines der lautesten Geräusche, die ich je gehört hatte.

»Geld«, sagte sie mit einem trockenen Krächzen. »Selbstverständlich wollen Sie Geld.«

»Wieviel Geld will ich denn?«

»Fünfzehntausend Dollar.«

Ich nickte mit steifem Hals wie die Aufsicht im Warenhaus, die versucht, auch mit dem Rücken zu sehen.

»Das käme ungefähr hin. Es entspräche dem vereinbarten Preis und wäre genau das, was er in der Tasche hatte und was Yeager dafür bekam, daß er ihn beseitigte.«

»Sie sind – zu verflucht gerissen«, sagte sie mit furchtbarer Stimme. »Ich könnte Sie selbst mit Vergnügen umbringen.«

Ich versuchte zu grinsen. »Ganz richtig. Gerissen und ohne einen Funken Gefühl. Es spielte sich ungefähr so ab: Der Junge schoß O'Mara so nieder, wie er auf mich geschossen hat, mit dem gleichen einfachen Trick. Ich glaube nicht, daß es geplant war. Er haßte seinen Stiefvater, aber er hätte kaum vorher einen Plan ausgearbeitet, um ihn umzubringen.«

»Er haßte ihn«, sagte sie.

»Die beiden waren also auf dem kleinen Schießstand, und O'Mara lag tot hinter der Trennwand, außer Sicht.

Die Schüsse dort hatten selbstverständlich nichts zu bedeuten. Und bei einem Kopfschuß mit dem kleinen Kaliber war nur sehr wenig Blut da. Der Junge geht also hinaus, verschließt die Tür und versteckt sich. Aber nach einiger Zeit muß er es jemandem sagen. Er muß einfach. Er sagt es Ihnen. Sie sind seine Mutter. Sie sind der Mensch, mit dem er darüber sprechen kann.«

»Ja«, hauchte sie, »das hat er getan.« Ihre Augen hörten auf, mich zu hassen.

»Sie überlegen, ob Sie es als Unfall hinstellen können, was glaubwürdig gewesen wäre, bis auf eins: Der Junge ist nicht normal, und das wissen Sie. Der General weiß es, die Dienerschaft weiß es. Es muß noch andere Leute geben, die es auch wissen. Und die Polizei, für wie dumm Sie sie auch halten, ist ziemlich schlau bei anomalen Typen. Sie haben mit so vielen von der Sorte zu tun. Ich glaube auch, daß er geredet hätte. Ich glaube, nach einer Weile hätte er sogar damit geprahlt.«

»Weiter«, sagte sie nur.

»Das konnten Sie also nicht riskieren«, sagte ich. »Nicht für Ihren Sohn und nicht für den alten kranken Mann im Orchideenhaus. Sie waren eher zu etwas grauenhaft Gefühllosem und Verbrecherischem bereit, als das zu riskieren. Das taten Sie dann auch. Sie kannten Yeager und kauften ihn, damit er die Leiche beseitigte. Das war alles – außer daß das Verstecken der Frau, ich meine Mona Mesarvey, mit dazu beitrug, es wie ein freiwilliges Verschwinden aussehen zu lassen.«

»Er brachte ihn in Duds eigenem Wagen fort, nach Einbruch der Dunkelheit«, sagte sie tonlos.

Ich bückte mich und hob meinen Hut vom Boden auf. »Wie steht es mit dem Hauspersonal?«

»Norris weiß es, der Butler. Aber er würde sich eher zu Tode foltern lassen, als etwas zu sagen.«

»Ja, und jetzt wissen Sie auch, warum Larry Batzel erschossen und warum mir aufgelauert wurde.«

»Erpressung«, antwortete sie. »Noch war keiner gekommen, aber ich habe darauf gewartet. Ich hätte jede Summe gezahlt, und das wußten sie.«

»Zug um Zug, Jahr um Jahr steckte für ihn da leicht eine Viertelmillion drin. Ich glaube nicht, daß Joe Mesarvey daran beteiligt war. Die Frau war es nicht, das weiß ich.«

Sie sagte nichts, hielt nur ihre Augen auf mein Gesicht gerichtet.

»Warum, zum Teufel«, stöhnte ich, »haben Sie ihm denn nicht die Waffen weggenommen?«

»Er ist schlimmer, als Sie denken. Das hätte nur etwas noch Gefährlicheres ausgelöst. Ich – ich fürchte mich beinahe selbst vor ihm.«

»Bringen Sie ihn fort«, sagte ich. »Fort von hier, fort von dem alten Mann. Er ist noch jung genug, daß er geheilt werden kann, wenn er richtig behandelt wird. Bringen Sie ihn nach Europa, weit fort. Tun Sie es sofort. Für den General wäre es auf der Stelle der Tod, wenn er etwas von der Sache erfährt.«

Sie erhob sich schwerfällig und schleppte sich durch das Zimmer zum Fenster. Regungslos stand sie da, von den schweren weißen Vorhängen fast nicht zu unterscheiden. Ihre Hände hingen herunter, gleichfalls völlig regungslos. Nach einer Weile drehte sie sich um und ging an mir vorbei. Als sie hinter mir war, schnappte sie nach Luft und schluchzte einmal kurz auf.

»Es war sehr gemein. Es war das Gemeinste, was ich je gehört hatte, aber ich würde es wieder tun. Vater hätte es nicht getan. Er hätte es offen eingestanden. Es wäre sein Tod gewesen, genau wie Sie sagten.«

»Bringen Sie ihn fort«, sagte ich eindringlich. »Jetzt versteckt er sich da draußen irgendwo. Er denkt, er hätte mich getroffen. Irgendwo versteckt er sich wie ein Tier. Holen Sie ihn. Er kann nichts dafür.«

»Ich habe Ihnen Geld angeboten«, sagte sie, immer noch hinter mir. »Das war schmutzig. Ich habe Dud O'Mara nicht geliebt, das war auch schmutzig. Ich kann Ihnen nicht danken, denn ich weiß nicht, was ich sagen soll.«

»Lassen Sie nur«, antwortete ich. »Ich bin ein altes Arbeitstier. Widmen Sie sich dem Jungen.«

»Das verspreche ich. Leben Sie wohl, Mister Carmady.«
Wir gaben uns nicht die Hand. Ich ging die Treppe hinunter, und der Butler wartete wie üblich an der Haustür. In seinem Gesicht stand nichts als Höflichkeit.
»Wünschen Sie den General heute nicht zu sehen, Sir?«
»Nein, heute nicht, Norris.«
Ich sah den Jungen draußen nicht. Ich ging zwischen den Torpfeilern hindurch, stieg in meinen gemieteten Ford und fuhr bergab, an den alten Ölquellen vorbei. Neben manchen waren noch, von der Straße aus nicht sichtbar, Sickergruben, in denen das Regenwasser stand, von einer stinkenden Ölschicht überzogen. Sie mochten drei oder vier Meter tief sein, vielleicht noch tiefer. Dunkle Dinge mochten in ihnen ruhen, in einer von ihnen vielleicht . . .
Ich war froh, daß ich Yeager getötet hatte.
Auf dem Weg zur Stadt hielt ich unterwegs vor einer Bar und trank ein paar Glas. Sie halfen nicht. Sie lenkten meine Gedanken nur auf Silberschopf, und die sah ich nie wieder.

Heißer Wind

1

An diesem Abend wehte ein Wüstenwind. Es war einer jener heißen, trockenen Santa Anas, die durch die Gebirgspässe herunterstürmen, einem das Haar kräuseln, an den Nerven zerren und auf der Haut jucken. An Abenden wie diesem artet jede friedliche Bierrunde in eine wilde Schlägerei aus. Verschüchterte kleine Hausfrauen prüfen mit dem Daumen, wie scharf ihr Brotmesser ist, und studieren finster und nachdenklich die Halslinie ihrer Männer. Es kann alles mögliche passieren. Man kann sogar ein richtig eingefülltes Glas Bier in einem Cocktailroom bekommen.

Ich bekam jedenfalls eins in einer chrom- und lackglänzenden, neuen Kneipe gegenüber dem Haus, in dem ich wohnte. Sie war erst vor ungefähr einer Woche eröffnet worden, und das Geschäft war flau. Der junge Bursche hinter der Theke war Anfang zwanzig und sah aus, als ob er noch nie in seinem Leben einen Schluck getrunken habe.

Außer mir war nur noch ein Gast da, ein Trunkenbold, der mit dem Rücken zur Tür auf einem Barstuhl an der Theke hockte. Er hatte ein Türmchen aus Zehnern vor sich aufgebaut, ungefähr im Werte von zwei Dollars. Er trank reinen Roggenwhisky aus kleinen Gläsern und war ganz für sich allein in einer eigenen Welt versunken. Ich saß weiter hinten an der Theke, bekam mein Glas Bier und sagte: »Das muß man Ihnen lassen, Sie streichen wirklich die Schaumkrone runter.«

»Wir haben gerade erst eröffnet«, sagte der Junge. »Wir müssen unser Geschäft erst aufbauen. Sie waren doch schon mal hier, oder nicht?«

»Stimmt.«

»Wohnen Sie hier in der Gegend?«

»Gegenüber im Berglund-Haus«, antwortete ich, »und mein Name ist John Dalmas.«

»Freut mich, Mister Dalmas. Ich heiße Lew Petrolle.«
Er beugte sich zu mir über die schwarzlackierte Theke.
»Kennen Sie den da?« fragte er leise.
»Nein.«
»Er sollte nach Hause gehen. Ich sollte ein Taxi rufen und ihn nach Hause schicken. Er trinkt schon seine Ration für die nächste Woche.«
»An einem Abend wie heute!« beruhigte ich ihn. »Lassen Sie ihn doch.«
»Es wird ihm aber nicht guttun«, erwiderte der junge Mann mißbilligend.
»Whisky«, krächzte der Trunkene, ohne aufzusehen. Er schnippte herrisch mit den Fingern, um durch einen Schlag auf die Theke nicht die Säule seiner Zehner zu gefährden.
Der Junge sah mich an und zuckte mit den Schultern.
»Soll ich?«
»Was geht's mich an. Mein Magen ist es nicht.«
Der Junge goß ihm einen weiteren Whisky ein, und ich vermutete, daß er ihn hinter der Bar ein bißchen mit Wasser behandelte, denn als er sich aufrichtete, sah er so schuldbewußt aus, als habe er seine Großmutter geschlagen. Der Betrunkene beachtete es nicht. Er nahm mit der peinlichen Sorgfalt eines großen Chirurgen, der einen Gehirntumor operiert, zwei Münzen von seiner Säule.
Der junge Mann kam zu mir zurück und füllte frisches Bier in mein Glas. Draußen heulte der Wind. Hin und wieder wehte er die Pendeltür aus gefärbtem Glas ein paar Zentimeter weit auf. Es war eine schwere Tür.
Er sagte: »Zunächst mal kann ich Betrunkene überhaupt nicht ausstehen, zweitens kann ich es nicht leiden, wenn sie sich hier betrinken, und drittens kann ich sie von vornherein schon nicht vertragen.«
»Das könnten sie ohne weiteres im Rundfunk bringen«, meinte ich.
»Haben sie ja schon.«
In diesem Augenblick kam ein dritter Gast. Mit kreischenden Bremsen hielt draußen ein Wagen, und die

Pendeltür wurde aufgestoßen. Herein trat ein Bursche, der aussah, als ob er es ziemlich eilig hätte. Er hielt die Tür fest und ließ seine ausdruckslosen, leuchtenden, dunklen Augen schnell durch das Lokal wandern. Er war gut gebaut, dunkel und sah auf seine Weise mit seinem schmalen Gesicht und dem schmalen Mund ganz gut aus. Er trug einen dunklen Anzug, und aus der Brusttasche blinzelte verschämt der Zipfel eines weißen Taschentuches. Er sah zugleich kühl und gehetzt und irgendwie gespannt aus. Wahrscheinlich machte ihm der heiße Wind zu schaffen. In gewisser Weise fühlte ich mich genauso, wie er aussah, nur war mir nicht gerade kühl.

Er blickte auf den Rücken des Betrunkenen. Der Betrunkene spielte mit den von ihm geleerten Gläsern Seeschlacht. Der neue Gast sah mich an, dann die Reihe von Halbnischen auf der anderen Seite des Raumes entlang. Sie waren alle unbesetzt. Er kam ganz herein, an dem Betrunkenen vorbei, der schwankend und vor sich hin murmelnd auf seinem Barstuhl hockte, und wandte sich an den jungen Mann hinter der Theke:

»Haben Sie hier eine Dame gesehen? Groß, hübsch, braunes Haar, in einer buntbedruckten Bolerojacke über einem Kleid aus blauem Seidenkrepp? Sie trug einen breitrandigen Strohhut mit einem Samtband.« Er hatte eine schrille Stimme, die mir nicht gefiel.

»Nein. Diese Dame war nicht hier«, antwortete der junge Mann.

»So? Schade. Na, danke. Dann einen Scotch, aber bitte schnell.«

Der junge Mann gab ihm einen Scotch. Der Gast bezahlte, stürzte den Whisky auf einen Zug hinunter und wollte wieder rausgehen. Er machte drei oder vier Schritte und erstarrte vor dem Betrunkenen. Der Betrunkene grinste. Von irgendwo zog er eine Pistole. Die Bewegung war so schnell, daß man nur ein Wischen wahrnahm. Er hielt sie ruhig, und er sah nicht betrunkener aus, als ich es war. Der große Dunkle stand regungslos, dann riß er den Kopf mit einer ganz knappen

Bewegung etwas zurück und verharrte wieder bewegungslos.
Draußen raste ein Wagen vorbei. Die Waffe des Betrunkenen war eine automatische Pistole zum Scheibenschießen, mit einem großen Visier vorn am Lauf. Sie schnappte zweimal kurz und hart auf, und ein bißchen Rauch stieg aus ihrem Lauf – aber nur sehr wenig.
»Mach's gut, Waldo«, sagte der Betrunkene.
Dann richtete er die Pistole auf den Barmann und mich.
Es schien eine Woche zu dauern, bis der große Dunkle umfiel. Er stolperte, fing sich wieder, wedelte mit einem Arm, stolperte noch einmal. Sein Hut rutschte ihm vom Kopf, dann fiel er mit dem Gesicht auf den Boden. Als er dalag, hätte er aus Beton gegossen sein können, so lebendig wirkte er.
Der Betrunkene glitt von seinem Stuhl, grapschte seine Münzen und steckte sie in die Tasche. Dann glitt er zur Tür. Er bewegte sich seitwärts, hielt seine Waffe vor dem Körper auf uns gerichtet. Ich hatte keine Pistole bei mir. Ich hatte es für überflüssig gehalten, sie einzustecken, nur um ein Glas Bier zu trinken. Der Bursche hinter der Bar bewegte sich nicht und gab nicht den geringsten Laut von sich.
Der Betrunkene berührte die Tür leicht mit seiner Schulter, und ohne uns aus den Augen zu lassen, schob er sich rückwärts hinaus. Als er die Tür öffnete, fuhr ein Windstoß in das Lokal und wehte das Haar des Mannes auf dem Boden hoch. Der Betrunkene sagte: »Der arme Waldo. Ich fürchte, er hat sich die Nase blutig geschlagen.«
Die Pendeltür schwang wieder zu. Meine lange Übung, immer das Falsche zu tun, bewährte sich. Ich sprang auf und hetzte zur Tür. In diesem Fall hatte es keine Folgen. Der Motor des Wagens draußen heulte auf, und als ich schließlich auf der Straße stand, sah ich nur noch die roten Rücklichter um die nächste Ecke verschwinden. Ich bekam die Nummer des Wagens genauso mühelos wie meine erste Million, auf die ich heute noch warte.
Auf der Straße waren Menschen und Autos wie immer. Niemand ließ erkennen, daß ihm die Schüsse aufgefal-

len waren. Der Wind veranstaltete Lärm genug, um den harten, trockenen Knall der 22er Munition wie das Zuschlagen einer Tür klingen zu lassen, falls es überhaupt jemand bemerkt hatte. Ich ging in den Cocktailroom zurück.

Der junge Mann hatte sich nicht von der Stelle gerührt. Er stand immer noch da, die Hände flach auf die schwarze Theke gelegt, ein wenig vorgebeugt, und sah auf den Rücken des dunklen Mannes am Boden hinunter. Auch der Dunkle hatte sich nicht bewegt. Ich beugte mich zu ihm und fühlte nach seiner Halsschlagader. Er bewegte sich nicht – er würde sich nie mehr bewegen.

Das Gesicht des jungen Mannes zeigte soviel Ausdruck wie ein Stück Beefsteak im Anschnitt und hatte etwa die gleiche Farbe. Seine Augen waren eher wütend als erschrocken.

Ich zündete mir eine Zigarette an und blies den Rauch zur Decke. Ich sagte knapp: »Gehen Sie ans Telefon.«

»Vielleicht ist er gar nicht tot«, antwortete der Junge.

»Wenn einer mit einer Zweiundzwanziger schießt, heißt das, daß er keinen Fehler macht. Wo ist das Telefon?«

»Ich habe noch keins. Ich hatte ohne das schon genug Ausgaben. Mann, es sind für mich achthundert Dollars, die zum Teufel sind.«

»Gehört das Lokal Ihnen?«

»Bis das hier passierte, ja.«

Er zog seine weiße Jacke aus und band seine Schürze ab, kam um das hintere Ende der Theke nach vorn. »Ich schließe die Tür ab«, sagte er und zog seinen Schlüsselbund.

Er ging auf die Straße und fummelte von außen am Schloß, bis endlich mit einem Klicken der Riegel faßte. Ich beugte mich vor und drehte Waldo um. Zuerst konnte ich nicht sehen, wo die beiden Schüsse ihn erwischt hatten. Aber dann fand ich die Stelle. Zwei winzige Löcher in seiner Jacke, über dem Herzen. An seinem Hemd war ein bißchen Blut.

Der Betrunkene verstand sein Handwerk – als Killer, meine ich.

Der Streifenwagen war nach etwa acht Minuten da. Lew Petrolle stand inzwischen schon wieder hinter seiner Theke. Er hatte wieder seine weiße Jacke an, zählte das Geld in seiner Registrierkasse und trug etwas in ein kleines Notizbuch ein.
Ich saß an der Kante einer der Halbnischen, rauchte Zigaretten und beobachtete, wie Waldos Gesicht toter und toter wurde. Ich überlegte, wer die Frau in der buntbedruckten Jacke wohl sein konnte, warum Waldo den Motor seines Wagens hatte laufen lassen, warum er es so eilig gehabt haben mochte, ob der Betrunkene auf ihn gewartet hatte oder ob er nur zufällig hiergewesen war.
Die Mannschaft des Streifenwagens schwitzte. Sie waren von der üblichen Größe, und einer von ihnen hatte sich eine Blume hinters Ohr gesteckt und die Mütze etwas schief auf dem Kopf. Als er den toten Mann sah, tat er die Blume fort, rückte seine Mütze gerade und beugte sich vor, um Waldos Puls zu fühlen.
»Scheint tot zu sein.« Er wälzte ihn etwas weiter herum. »O ja, ich sehe, wo er getroffen wurde. Ordentliche, saubere Arbeit. Haben Sie beide gesehen, wer es war?«
Ich sagte ja, der Junge hinter der Theke sagte nichts. Ich beschrieb den Vorfall und daß der Killer in Waldos Wagen geflohen zu sein schien.
Der Polizist zog Waldos Brieftasche hervor, durchsuchte sie schnell und pfiff. »Jede Menge Pinkepinke, aber kein Führerschein.« Er schob die Brieftasche wieder in Waldos Tasche. »Wir haben ihn nicht angerührt, verstanden? Es bestand nur die Möglichkeit, daß wir feststellen konnten, ob der Wagen sein Eigentum war. Dann hätten wir die Nummer über Funk weitergeben können.«
»Sie ihn nicht angerührt? Einen Dreck haben Sie«, sagte Lew Petrolle.
Der Polizist sah ihn in der gewissen Weise an. »Auch gut, Freundchen«, meinte er dann milde. »Wir haben ihn also angerührt.«
Der junge Mann nahm ein sauberes Glas in die Hand

und begann es zu polieren. Er polierte es die ganze Zeit, während wir dort waren.
Eine Minute später raste der Wagen der Mordkommission mit heulender Sirene heran und hielt mit kreischenden Bremsen vor dem Lokal. Vier Männer kamen herein, zwei waren Inspektoren, einer ein Polizeifotograf und der vierte ein Kriminallaborant. Ich kannte keinen der beiden Inspektoren. Man kann ziemlich lange als Privatdetektiv arbeiten, ehe man in einer großen Stadt alle Beamten der Polizei kennt.
Der eine war ein kleiner, lächelnder Mann, glatt, dunkel und ruhig, mit welligem, schwarzem Haar und sanften, klugen Augen. Der andere war groß, knochig, mit langem, hartem Kinn, die Nase von roten Äderchen überzogen und mit glasigen Augen. Er sah wie ein starker Trinker aus, wirkte zäh und hart und sah genau danach aus, als hielte er sich für eine Idee zäher und härter, als er wirklich war. Er zog mich zu der hintersten der Halbnischen an der Wand, sein Partner griff sich den Jungen vorn, und die Uniformierten verschwanden.
Der Fotograf und der Fingerabdruckmann machten sich an die Arbeit.
Ein Polizeiarzt kam, blieb gerade lange genug, um sich darüber aufzuregen, daß kein Telefon da war, damit er den Leichenwagen rufen konnte.
Der kleinere der Inspektoren leerte Waldos Taschen, häufte alles auf ein großes Taschentuch auf einen Tisch in einer der Nischen. Ich sah viele grüne Noten, ein paar Schlüssel, Zigaretten, noch ein Taschentuch und sehr wenig anderes.
Der große Kriminalbeamte zog mich in die Ecke der Halbnische. »Schießen Sie los. Ich bin Inspektor Copernik.«
Ich legte meine Brieftasche vor ihn auf den Tisch. Er sah sie an, nahm sie, schnüffelte darin herum, schob sie mir zurück und machte sich eine Notiz.
»John Dalmas heißen Sie und sind einer von den Schleichern? Waren Sie in einem Auftrag hier?«

»Der Auftrag war: ein Bier trinken. Auftraggeber ich selbst. Ich wohne gegenüber im Berglund-Haus.«
»Kennen Sie den Jungen da vorn?«
»Ich war schon einmal hier, seit er eröffnet hat.«
»Ist Ihnen heute irgend etwas an ihm aufgefallen?«
»Nein, nichts.«
»Nimmt er den Vorfall nicht zu leicht für so einen jungen Burschen? Was meinen Sie? – Sparen Sie sich die Antwort. Erzählen Sie nur, was passiert ist.«
Ich erzählte es ihm – nicht öfter als dreimal hintereinander. Einmal, damit er eine allgemeine Vorstellung von dem Vorfall bekam, das zweite Mal, damit er die Einzelheiten mitbekam, und noch ein drittes Mal, damit er feststellen konnte, ob ich mich nicht widersprach. Schließlich sagte er: »Diese Frau interessiert mich. Und der Killer nannte den anderen Waldo? Schien aber nicht sicher zu sein, ob er hierherkommen würde, wie? Ich meine, wenn Waldo nicht sicher war, daß diese Puppe hier ist, konnte doch kein anderer sicher sein, Waldo hier zu treffen?«
»Das ist sehr tief durchdacht«, sagte ich.
Er musterte mich. Ich lächelte nicht. »Sieht aus wie ein Racheakt«, fuhr er fort. »Nicht sehr planmäßig. Die Flucht gelang nur aus Zufall. Bei uns hier in der Stadt läßt niemand gern seinen Wagen unabgeschlossen stehen. Und der Killer arbeitete vor zwei guten Zeugen. Gefällt mir nicht, die Geschichte.«
»Mir gefällt es nicht, den Zeugen zu spielen. Das Honorar ist zu schlecht.«
Er grinste und zeigte dabei fleckige Zähne. »War der Killer wirklich richtig betrunken?«
». . . und konnte noch so schießen? Nein!«
»Das denke ich auch. Nun, für uns ist das ganz einfach. Wir werden den Burschen in der Kartei haben, und Fingerabdrücke hat er reichlich genug hinterlassen. Selbst wenn bei uns keine Karteikarte mit seinen Personalien vorliegt, dauert es nur ein paar Stunden, bis wir heraushaben, wer er ist. Er hatte was mit Waldo, aber er wollte sich heute abend nicht mit Waldo treffen. Waldo ist nur

hier hereingekommen, um nach der Puppe zu suchen, mit der er verabredet war, die er vorher irgendwo verpaßt haben muß. Es ist ein heißer Abend, und der Wind würde jedem Mädchen das Gesicht ruinieren. Wahrscheinlich ist sie in irgendein Lokal gegangen, um auf ihn zu warten. Der Killer nahm die Gelegenheit wahr und verpaßte Waldo zwei an die richtige Stelle und haute ab, ohne sich wegen Ihnen beiden Sorgen zu machen. Es ist ein ganz klarer Fall.«

»Sicher«, stimmte ich ihm zu.

»Es ist so klar, daß es stinkt«, sagte Copernik.

Er nahm seinen Filzhut ab und wühlte in seinem schütteren, blonden Haar und stützte den Kopf in die Hand. Er hatte ein langes, niederträchtiges Pferdegesicht. Mit einem Taschentuch, das er aus der Tasche zog, wischte er sich darüber und über den Nacken und die Handrükken. Dann zog er einen Kamm aus der Tasche und kämmte sich – frisch gekämmt sah er noch übler aus – und setzte seinen Hut wieder auf.

»Es ist nur ein Gedanke von mir«, sagte ich.

»Ja, was?«

»Dieser Waldo wußte genau, wie das Mädchen angezogen war. Er muß also heute abend schon mit ihr zusammen gewesen sein.«

»Na und? Vielleicht mußte er mal was erledigen. Und als er zurückkam, war sie fort. Vielleicht hat sie es sich mit ihm anders überlegt.«

»Das kann sein.«

Aber das war gar nicht das, was ich dachte. Ich dachte daran, daß Waldo ihre Kleider in einer Weise beschrieben hatte, wie es ein durchschnittlicher Mann nicht getan hätte. Bedruckte Bolerojacke über einem Kleid aus blauem Seidenkrepp. Ich wußte nicht einmal, was eine Bolerojacke war. Und ich hätte vielleicht blaues Kleid gesagt oder sogar blaues Seidenkleid, aber niemals Kleid aus blauem Seidenkrepp.

Nach einer Weile kamen zwei Männer mit einem langen, flachen Korb. Lew Petrolle polierte immer noch sein Glas, während er mit dem kleinen, dunklen Detektiv sprach.

Dann fuhren wir alle zum Headquarter.
Lew Petrolle erwies sich als einwandfrei, als sie ihn unter die Lupe nahmen. Sein Vater besaß ein Weingut bei Antioch im Distrikt Contra Costa. Von ihm hatte Lew tausend Dollars bekommen, damit er sich selbständig machen konnte, und hatte den Cocktailroom eingerichtet, mit Neonlicht und allem Drum und Dran, für runde achthundert Dollars.
Sie ließen ihn laufen und befahlen ihm, sein Lokal geschlossen zu halten, bis sie sicher waren, daß sie keine weiteren Fingerabdrücke bei ihm suchen wollten. Er schüttelte allen ringsum die Hand und grinste und sagte, er hoffe, daß die Schießerei vielleicht sein Geschäft ankurbeln würde, denn niemand glaube an die Berichte in den Zeitungen, und die Leute würden zu ihm kommen, um es sich genau erzählen zu lassen, und würden wenigstens ein Glas Bier trinken, solange sie ihm zuhörten.
»Der Bursche wird sich nie um jemanden Sorgen machen«, meinte Copernik, als er gegangen war, »um jemanden anders als sich selbst, meine ich.«
»Der arme Waldo«, sagte ich. »Hat sich aus den Fingerabdrücken des Killers schon etwas ergeben?«
»Sie sind verschmiert und unsauber«, antwortete Copernik mürrisch. »Aber ich werde sie klassifizieren lassen und möglichst auch noch heute abend nach Washington durchgeben. Wenn dabei nichts herauskommt«, er grinste boshaft, »sind Sie dran und können einen Tag lang unten auf unserem Laufsteg paradieren.«
Ich schüttelte ihm die Hand und auch seinem Kollegen, der Ybarra hieß, und ging. Sie wußten auch noch nicht, wer Waldo war. Nichts in seinen Taschen hatte einen Hinweis gegeben.

2

Gegen neun Uhr war ich wieder vor meiner Wohnung. Ich blickte die Straße hinauf und hinunter, bevor ich das Berglund betrat. Der Cocktailroom war auf der anderen Seite, ein Stück entfernt, und ein oder zwei Nasen wurden gegen die Scheiben platt gedrückt, aber eine richtige Menschenmenge hatte sich nicht angesammelt. Die Leute hatten die Polizei gesehen und den Leichenwagen, aber sie wußten nicht, was geschehen war. Außer den jungen Burschen, die in dem Drugstore an der Ecke die Spielautomaten bearbeiteten. Die wußten alles, nur nicht, wie man arbeitet und eine Stellung behält.

Der Wind wehte immer noch heiß wie aus einem Backofen und wirbelte Staub und Papierfetzen an den Häuserwänden hoch.

Ich trat in die Halle des ›Berglund‹ und fuhr mit dem Fahrstuhl in den vierten Stock. Als ich die Tür aufschloß und heraustrat, stand vor mir eine große, schlanke Frau, die offenbar auf den Fahrstuhl wartete.

Sie hatte braunes, welliges Haar unter einem breitrandigen Strohhut mit einem Samtband. Ihre großen Augen waren blau, und ihre Wimpern reichten ihr nicht ganz bis ans Kinn. Sie trug ein blaues Kleid, einfach in der Linie, aber keine Form auslassend, das aus Seidenkrepp sein konnte. Darüber trug sie etwas, das vielleicht eine bedruckte Bolerojacke war.

»Ist das eine Bolerojacke?« fragte ich.

Sie warf mir einen abweisenden, kühlen Blick zu und machte eine Handbewegung, als wollte sie ein lästiges Insekt verscheuchen.

»Ja. Erlauben Sie bitte – ich habe es sehr eilig. Ich würde gern . . .«

Ich rührte mich nicht. Ich versperrte ihr den Weg in den Fahrstuhl. Wir starrten uns gegenseitig an, und sie errötete sehr langsam.

»In der Jacke und dem Hut zeigen Sie sich besser nicht auf der Straße.«

»Was erlauben Sie sich?«

Der Fahrstuhl hinter mir knackte und glitt wieder nach unten. Ich wußte nicht, was sie noch sagen würde. Ihrer Stimme fehlte das scharfe Näseln der Bierkneipenengel.

Sie hatte einen sanften, weichen Ton wie milder Mairegen.

»Das ist kein Geflunker. Sie sind in Gefahr. Wenn mit dem Fahrstuhl jemand hier heraufkommt, haben Sie gerade noch Zeit, aus dem Gang zu verschwinden. Nehmen Sie erst mal den Hut ab, und ziehen Sie diese Jacke aus, aber beeilen Sie sich.«

Sie rührte sich nicht. Ihr Gesicht schien unter dem leichten Make-up, das sie trug, etwas blasser zu werden.

»Die Polizei sucht Sie dringend. In diesem Kleid werden Sie sofort erkannt. Kommen Sie schnell. Ich erkläre Ihnen alles.«

Sie wendete rasch den Kopf nach rechts und links und spähte den Gang entlang. So wie sie aussah, konnte man ihr keinen Vorwurf machen, daß sie noch mal zu bluffen versuchte.

»Sie sind unverschämt. Wer sind Sie überhaupt? Ich bin Mrs. Leroy und bewohne das Apartment 31. Ich kann Ihnen versichern . . .«

». . . daß Sie auf der falschen Etage sind«, unterbrach ich sie. »Hier ist der vierte Stock.« Der Fahrstuhl war unten angekommen. Man hörte durch den Schacht, wie seine Türen aufgeschoben wurden.

»Fort«, drängte ich, »aber schnell.«

Sie riß sich den Hut vom Kopf und streifte rasch die Bolerojacke ab. Ich griff danach, knüllte beides zusammen und schob es unter den Arm, faßte sie am Ellenbogen, drehte sie herum und führte sie den Gang hinunter.

»Ich wohne Nummer 42. Das liegt auf der Vorderseite, Ihnen gegenüber, nur eine Etage höher. Entscheiden Sie sich. Und noch einmal: Ich erzähle Ihnen kein Märchen.«

Sie strich sich mit einer schnellen Bewegung das Haar glatt wie ein Vogel, der seine Federn putzt. Zehntausend Jahre Übung und Erfahrung standen hinter der Bewegung.

»In *mein* Apartment«, sagte sie, drückte ihre Tasche unter den Arm und ging schnell den Gang hinunter. Der Fahrstuhl hielt in der Etage unter uns. Sie blieb stehen, als er stoppte, drehte sich nach mir um und sah mich an.

»Die Treppe ist beim Fahrstuhl«, belehrte ich sie freundlich.

»Vielleicht wäre es besser, ich ginge nicht hinunter.«

»Das glaube ich auch.«

»Sucht man nach mir?«

»Ja. Sie werden aber erst morgen früh anfangen, hier in dem Block jeden Fetzen umzudrehen. Und auch das nur, wenn sie nicht herausbringen, wer Waldo ist.«

Sie sah mich nur an. »Waldo?«

»Sie kennen Waldo gar nicht?«

Sie schüttelte langsam den Kopf. Der Fahrstuhl setzte sich wieder nach unten in Bewegung. In ihren Augen flackerte Angst auf wie Wellen, die über einen Teich laufen.

»Nein«, sagte sie atemlos, »aber bringen Sie mich hier aus dem Gang.«

Wir standen vor der Tür meines Apartments. Ich stieß den Schlüssel in das Schloß, drehte rasch um, drückte die Tür auf und griff nach dem Lichtschalter. Sie glitt wie ein Hauch an mir vorbei. In der Luft schwebte ein Duft von Sandelholz, ganz schwach nur.

Ich schloß die Tür, warf meinen Hut auf einen Stuhl und beobachtete sie, wie sie zu dem Spieltisch schlenderte, auf dem ich ein Schachproblem aufgebaut hatte, das ich nicht lösen konnte. Sobald sie das Zimmer betreten hatte und die Tür hinter ihr geschlossen war, verschwand ihre Angst.

»Sie spielen Schach?« sagte sie mit zurückhaltender Vorsicht, als sei sie angeblich gekommen, um sich meine Radierungen anzusehen. Ich wünschte, das wäre wirklich der Grund.

Dann standen wir beide still und lauschten auf das ferne Zufallen der Fahrstuhltür und Schritte. Sie entfernten sich in die andere Richtung durch den Gang.

Ich lächelte etwas gezwungen, nicht weil mir zum Lächeln war, ging in die kleine Küche und beschäftigte mich mit zwei Gläsern. Erst jetzt bemerkte ich, daß ich

immer noch die Bolerojacke und ihren Hut unter dem Arm geklemmt hielt, ging in den Ankleideraum hinter meinem Wandbett, stopfte beides in eine Schublade. Ich ging zur Küche zurück und grub einen Rest besonders guten Scotchs aus und mixte zwei Highballs.
Als ich mit den Gläsern zurückkam, hielt sie eine Pistole in der Hand. Es war eine kleine automatische Waffe mit einem mit Perlmutt beschlagenen Griff. Sie richtete sie schnell auf mich. In ihren Augen stand Entsetzen.
In jeder Hand ein Glas, blieb ich stehen: »Vielleicht macht der heiße Wind auch Sie verrückt. Ich bin Privatdetektiv und kann es Ihnen beweisen, wenn Sie mir Gelegenheit dazu geben.«
Sie nickte leicht, mit weißem Gesicht. Ich ging langsam an den Tisch, stellte das eine Glas vor sie hin, ging auf die andere Seite, stellte mein Glas ab und suchte eine meiner Geschäftskarten, die keine umgebogene Ecke hatte, aus meiner Brieftasche heraus. Sie setzte sich, straffte mit der linken Hand ihr blaues Kleid über dem Knie, in der rechten hielt sie immer noch die Pistole auf mich gerichtet. Ich legte die Karte neben ihr Glas und setzte mich.
»Lassen Sie nie wieder jemanden so nahe an sich herankommen«, warnte ich, »jedenfalls dann nicht, wenn Sie es ernst meinen. Außerdem ist Ihre Pistole noch gesichert.«
Sie zuckte zusammen, schlug die Augen nieder und steckte die Pistole in ihre Handtasche zurück. Sie trank ihr Glas in einem Zug halb aus, setzte es hart auf den Tisch und nahm die Karte auf.
»Diesen Whisky setze ich nicht vielen Leuten vor. Das kann ich mir nicht leisten.«
Sie kräuselte die Lippen: »Ich nehme also an, daß Sie Geld wollen.«
»Wie bitte?«
Sie antwortete nicht. Ihre Hand war wieder ganz nahe bei der Öffnung ihrer Handtasche.
»Vergessen Sie diesmal die Sicherung nicht«, riet ich ihr. Ihre Hand hielt inne. Ich sprach weiter: »Dieser

Bursche, den ich Waldo nannte, ist ziemlich groß, ungefähr eins achtzig, schlank, dunkel und hat braune, etwas glitzernde Augen. Nase und Mund sind zu dünn. Er hatte einen dunklen Anzug an, ein weißes Taschentuch in der Brusttasche und schien es sehr eilig zu haben, Sie zu finden. Sagt die Beschreibung Ihnen etwas?«

Sie griff wieder nach ihrem Glas. »Das ist also Waldo. Und was ist nun mit ihm?« Ihrer Stimme nach schien der Whisky schon leicht gewirkt zu haben.

»Etwas wirklich sehr Merkwürdiges ist mit ihm geschehen. Gegenüber auf der anderen Seite der Straße ist ein Cocktailroom ... Wo waren Sie übrigens den ganzen Abend?«

»Ich saß in meinem Wagen«, entgegnete sie kühl. »Die meiste Zeit jedenfalls.«

»Haben Sie nicht einen Menschenauflauf auf der anderen Straßenseite bemerkt?«

Ihre Augen versuchten, nein zu sagen, ohne daß es ihnen gelang. Ihr Mund sagte: »Ich bemerkte, daß dort irgend etwas passiert sein mußte. Ich sah Polizisten und rote Blinklichter und nahm an, daß jemand einen Unfall hatte.«

»So kann man es auch nennen. Und vorher suchte dieser Waldo nach Ihnen. In diesem Cocktailroom. Er beschrieb Sie und Ihre Kleidung.«

Ihre Augen erschienen jetzt so unbeweglich wie Nietenköpfe und zeigten etwa ebensoviel Ausdruck. Dann begann ihr Mund zu zittern und zitterte eine ganze Weile.

»Ich war in dem Lokal und unterhielt mich mit dem jungen Mann, dem es gehört. Außer einem Betrunkenen, der auf einem Hocker an der Theke saß, diesem Jungen und mir war niemand da. Der Betrunkene kümmerte sich um nichts, was um ihn vorging. Dann kam Waldo herein und fragte nach Ihnen, und wir sagten ihm, wir hätten Sie nicht gesehen. Dann wollte er gehen.«

Ich schlürfte an meinem Glas. Ich habe genausoviel Vorliebe dafür, mich in Szene zu setzen, wie jeder andere. Ihre Augen verschlangen mich jetzt geradezu.

»Er drehte sich um und wollte wieder gehen, aber der Betrunkene, der sich um nichts und niemanden gekümmert hatte, nannte ihn Waldo und zog eine Pistole. Er schoß zweimal.« Ich schnippte auch zweimal mit den Fingern. »Einfach so. Tot.«

Sie täuschte mich wirklich. Sie lachte mir ins Gesicht. »Mein Mann hat Sie also engagiert, um hinter mir herzuspionieren. Ich hätte mir denken können, daß das Ganze nur Theater ist. Sie mit Ihrem Waldo!«

Ich muß ihr ein schafsdummes Gesicht gezeigt haben. »Ich hätte nie geglaubt, daß er so eifersüchtig sein könnte«, entfuhr es ihr. »Jedenfalls nicht auf einen Mann, der einmal unser Chauffeur war. Auf Stan vielleicht. Ja – das wäre nur natürlich. Aber auf Joseph Choate . . .«

Ich wedelte mit den Händen in der Luft. »Halt, halt, werte Dame. Wir reden aneinander vorbei, einer von uns ist am falschen Ende der Leitung«, unterbrach ich sie. »Ich kenne niemanden namens Stan oder Joseph Choate. Ich wußte bei Gott nicht einmal, daß Sie einen Chauffeur haben. Die Leute in meiner Gegend hier bringen es nicht soweit. Und was Ehemänner angeht – doch, hin und wieder gibt es hier auch mal einen Ehemann, aber nicht übermäßig oft.«

Sie schüttelte langsam den Kopf und hielt ihre Hand nahe an der Tasche. In ihren blauen Augen flackerte es plötzlich.

»Nicht gut genug, Mister Dalmas. Nein, Sie sind nicht annähernd gut genug. Ich kenne euch Privatdetektive. Ihr seid alle käuflich und gemein. Durch einen Trick haben Sie mich in Ihre Wohnung gelockt, wenn es überhaupt Ihre Wohnung ist. Viel wahrscheinlicher ist es das Apartment irgendeines widerlichen Gesellen, der für ein paar Dollars bereit ist, alles zu beschwören. Sie wollen mir nur Furcht einjagen, damit Sie mich erpressen können – außer dem Geld, das Sie von meinem Mann schon bekommen. Also gut«, sagte sie atemlos, »wieviel verlangen Sie?«

Ich stellte mein leeres Glas fort und sank erschöpft in

meinen Sessel zurück. »Entschuldigen Sie, wenn ich mir eine Zigarette anstecke. Meine Nerven sind völlig am Ende.«

Ich zündete mir eine an, während sie mich ergrimmt beobachtete, ohne Furcht zu zeigen, oder jedenfalls nicht genug Furcht, um auf echtes Schuldbewußtsein schließen zu lassen. »Er heißt also Joseph Chaote«, sagte ich. »Der Bursche, der ihn in dem Cocktailroom umbrachte, nannte ihn Waldo.«

Sie lächelte leicht angewidert, aber doch fast duldsam. »Reden Sie nicht darum herum. Wieviel also?«

»Warum wollten Sie diesen Joseph Chaote treffen?«

»Ich wollte etwas von ihm zurückkaufen, das er mir gestohlen hat. Etwas, das an sich schon sehr wertvoll ist. Fast fünfzehntausend Dollars. Der Mann, den ich einmal liebte, schenkte es mir. Er ist tot. Verstehen Sie? Er ist tot. Er kam in einem brennenden Flugzeug ums Leben. Und jetzt können Sie zu meinem Mann gehen und ihm das erzählen, Sie schmutzige, kleine Ratte.«

»Hören Sie mal, ohne Kleidung wiege ich meine hundertachtzig Pfund«, protestierte ich empört.

»Schmutzig sind Sie trotzdem«, schrie sie zurück. »Und sparen Sie sich die Mühe, es meinem Mann zu erzählen. Ich werde es ihm selbst sagen. Wahrscheinlich weiß er es ohnehin schon.«

Ich grinste. »Das ist klug. Und was sollte ich nun angeblich herausfinden?«

Sie griff nach ihrem Glas und trank den Rest aus. »Er bildet sich also ein, ich treffe mich mit Joseph«, sagte sie verächtlich. »Nun, das ist richtig. Ich wollte es. Aber nicht, weil ich ein Verhältnis mit ihm habe. Nicht mit einem Chauffeur! Nicht mit einem Lumpen, den ich vor der Tür aufgegriffen habe und dem ich eine Stellung gab. Ich hätte es nicht nötig, so weit unter mein Niveau zu gehen, wenn ich mich amüsieren wollte.«

»Das brauchen Sie wirklich nicht, verehrte Dame.«

»Und jetzt gehe ich. Sie können ja versuchen, mich daran zu hindern.« Sie zog schnell die mit Perlmutt verzierte Pistole aus ihrer Handtasche.

Ich grinste nur und grinste sie unentwegt weiter an. Ich rührte mich nicht.
»Sie widerwärtiger, kleiner Schmutzfink«, fuhr sie auf mich los. »Woher soll ich wissen, daß Sie überhaupt Privatdetektiv sind! Sie können ein Betrüger sein. Die Karte, die Sie mir gaben, beweist gar nichts. Jeder kann sich Geschäftskarten drucken lassen.«
»Sicher. Wahrscheinlich bin ich auch gerissen genug, seit zwei Jahren hier zu wohnen, nur damit ich Sie eines Tages erpressen kann, weil Sie sich mit einem Mann namens Joseph Chaote treffen, der auf der anderen Seite der Straße unter dem Namen Waldo umgelegt wurde. Haben Sie denn das Geld, um diese Sache, die fünfzehn Mille wert ist, zu kaufen?«
»Ah, Sie glauben, mich ausrauben zu können?«
»Ah, jetzt bin ich also auch ein Straßenräuber?« äffte ich sie nach. »Aber wollen Sie jetzt bitte Ihre Pistole wegstecken oder sie entsichern. Es verletzt mein berufliches Anstandsgefühl, wenn ich sehen muß, wie eine ordentliche Waffe in dieser Weise mißbraucht wird.«
»Sie sind ungefähr alles das, was ich nicht ausstehen kann«, antwortete sie hitzig. »Gehen Sie mir aus dem Weg.«
Ich regte mich nicht. Sie regte sich auch nicht. Wir setzten uns beide wieder – nicht einmal dicht beieinander.
»Weihen Sie mich in ein Geheimnis ein, bevor Sie gehen«, bat ich. »Haben Sie das Apartment unten im dritten Stock wirklich gemietet? Etwa nur, um sich unten auf der Straße mit einem Kerl zu treffen?«
»Fragen Sie nicht so dumm«, schnappte sie. »Ich habe Sie angelogen. Es ist sein Apartment.«
»Joseph Chaotes?«
Sie nickte kurz und heftig.
»Paßt denn meine Beschreibung irgendwie auf Joseph Chaote?«
Wieder nickte sie knapp.
»Dann hätten wir schließlich wenigstens einen Tatbestand aufgeklärt. Aber verstehen Sie denn nicht, daß Waldo Ihre Kleidung beschrieb, als er nach Ihnen such-

te? Ehe er erschossen wurde? Und daß seine Beschreibung an die Polizei weitergegeben worden ist, daß sie nicht wissen, wer Waldo ist, und daß sie nach der Frau in diesen Kleidern, nach Ihnen also, suchen, damit Sie es ihnen sagen? Begreifen Sie denn nicht einmal das?« Plötzlich begann die Pistole in ihrer Hand zu zittern. Sie sah mit abwesenden Blicken auf die Waffe und schob sie in ihre Handtasche zurück.

»Wie dumm von mir, daß ich überhaupt mit Ihnen spreche«, flüsterte sie vor sich hin. Sie starrte mich lange unverwandt an, dann holte sie tief Luft. »Er sagte mir, wo er wohnte. Er schien sich nicht zu fürchten. Erpresser sind offenbar so. Er wollte mich auf der Straße treffen, aber ich verspätete mich. Als ich kam, war die Straße voll von Polizisten. Darum setzte ich mich in meinen Wagen und wartete. Dann ging ich zu Josephs Wohnung und klopfte. Anschließend ging ich wieder zu meinem Wagen und wartete noch länger. Ich war im ganzen dreimal hier im Haus. Das letzte Mal stieg ich bis in die erste Etage die Treppe hinauf, ehe ich den Fahrstuhl nahm. Ich war schon zweimal im dritten Stock gesehen worden. Dann traf ich Sie. Das ist alles.«

»Sie sagten etwas von Ihrem Mann«, murmelte ich. »Wo ist er?«

»Er hat eine Sitzung.«

»Oh, eine Sitzung«, antwortete ich spöttisch.

»Mein Mann ist sehr beschäftigt. Er hat sehr häufig Sitzungen. Er ist Wasserbauingenieur und ist in der ganzen Welt gewesen. Sie müssen wissen . . .«

»Schon gut. Ich werde mal mit ihm essen gehen, dann kann er es mir alles selbst erzählen. Aber womit Joseph Sie auch in der Hand hatte: das ist jetzt tot und vorbei. Genau wie Joseph selbst.«

Schließlich glaubte sie es mir doch. Irgendwie hatte ich das Gefühl gehabt, sie würde es mir nicht glauben. »Ist er tatsächlich tot?« flüsterte sie. »Ganz bestimmt?«

»Er ist tot, verlassen Sie sich darauf. Tot, tot, tot!«

Ihr Gesicht fiel auseinander wie die Kruste eines Hochzeitskuchens. Sie hatte keinen großen Mund, aber in

diesem Augenblick hätte ich ohne weiteres meine Faust hineinbringen können. Ich hörte das Geräusch des Fahrstuhls, der in meiner Etage hielt.
»Wenn Sie schreien, schlage ich Ihnen die Augen blau und grün!« Das klang bestimmt nicht freundlich, aber es wirkte. Es verhinderte, daß sie einen hysterischen Anfall bekam. Ihr Mund klappte zu wie eine Falle.
Ich hörte Schritte durch den Gang kommen. Jeder hat mal Eingebungen. Ich legte meinen Finger auf den Mund. Sie regte sich nicht. Ihr Gesicht war zur Maske erstarrt, ihre großen blauen Augen wurden so schwarz wie die Schatten darunter. Der heiße Wind dröhnte gegen die geschlossenen Fenster. Wenn eine Santa Ana weht, muß man die Fenster geschlossen halten, gleichgültig wie heiß es ist.
Die Schritte näherten sich mit der Beiläufigkeit eines Mannes, der nichts Bestimmtes vorhat, durch den Gang. Vor meiner Tür hielten sie an, und jemand klopfte.
Ich deutete auf die Ankleidekammer hinter dem Wandbett. Geräuschlos stand sie auf, ihre Tasche gegen die Seite gepreßt. Ich deutete auf ihr Glas. Sie nahm es schnell an sich, glitt über den Teppich, durch die Tür und drückte sie schnell hinter sich zu.
Ich wußte eigentlich nicht, weshalb ich diese Umstände machte.
Es klopfte wieder. Meine Handrücken waren feucht. Ich knarrte mit meinem Sessel, stand auf und gähnte hörbar. Dann ging ich zur Tür und öffnete – ohne meine Pistole in der Hand. Das war mein Fehler.

3

Ich erkannte ihn nicht gleich. Vielleicht aus dem entgegengesetzten Grund, aus dem Waldo ihn nicht sofort erkannt zu haben schien. In dem Cocktailroom hatte er die ganze Zeit seinen Hut aufgehabt, jetzt hatte er ihn nicht auf. Sein Haar endete rund um den Kopf völlig und scharf an der Linie, an der der Hut beginnen mußte. Über dieser Linie begann harte, weiße, schweißlose Haut, die fast wie vernarbtes Gewebe schimmerte. Er wirkte nicht nur zwanzig Jahre älter, er war ein anderer Mann.

Aber ich erkannte die Pistole, die er in der Hand hielt, die automatische 22er zum Scheibenschießen mit dem großen Visier. Und ich erkannte seine Augen wieder, helle, harte, ausdruckslose Augen wie die einer Eidechse. Er war allein. Er berührte mit der Waffe mein Gesicht, ganz leicht nur, und sagte zwischen den Zähnen: »Ja, ich bin es. Gehen wir hinein!«

Ich wich gerade weit genug zurück und blieb wieder stehen, genau wie er es von mir verlangen würde, damit er die Tür, ohne sich erst umzudrehen, hinter sich schließen konnte. Ich sah seinen Augen an, daß er genau das von mir verlangen würde.

Ich war nicht erschrocken oder verängstigt. Ich war nur wie gelähmt.

Als er die Tür geschlossen hatte, trieb er mich etwas weiter zurück, langsam, bis ich spürte, daß ich mit der Rückseite meiner Beine gegen etwas stieß. Mit seinem Blick hielt er meine Augen fest.

»Das ist ein Spieltisch«, sagte er. »Irgendein Heini spielt hier Schach. Sie?«

Ich schluckte. »Man kann es nicht spielen nennen. Ich vertreibe mir nur die Zeit damit.«

»Dazu gehören aber zwei«, sagte er mit einer gewissen sanften Heiserkeit, als wenn irgendein Polizist bei einer Vernehmung dritten Grades ihm einmal mit einem Gummiknüppel auf die Luftröhre geschlagen hätte.

»Es ist ein Problem«, erklärte ich, »kein Spiel. Sehen Sie sich die Stellung an.«

»Davon verstehe ich nichts.«

»Jedenfalls bin ich allein«, und meine Stimme klang gerade unsicher genug.

»Das ist völlig gleichgültig. Ich bin so oder so erledigt. Irgendein Polyp rennt mir morgen doch seine Knarre gegen die Rippen. Wenn nicht morgen, dann nächste

Woche. Wenn schon! Mir gefiel nur Ihre Visage nicht, alter Freund, und auch die von dem Weißkittel in der Kneipe nicht, der mal Halblinker für Fordham oder so was spielte. Kerle wie euch sollte man zum Teufel schikken.«

Ich sagte nichts und bewegte mich nicht. Das große Visier seiner Pistole strich mir übers Gesicht, fast streichelnd. Der Mann lächelte.

»Ist auch gesunde Geschäftspraxis. Nur für den Fall, daß ... Ein alter Knastbruder hinterläßt keine sauberen Fingerabdrücke – nicht mal, wenn er gesoffen hat. Und wenn ich keine guten Fingerabdrücke hinterlassen habe, dann ist alles, was gegen mich sprechen kann, zwei Zeugen. Und die müssen schnell zum Teufel. Mit Ihnen ist's vorbei, alter Freund. Das wissen Sie wohl.«

»Was hat Waldo Ihnen getan?« Ich versuchte, es so klingen zu lassen, als wollte ich es tatsächlich wissen und nicht nur durch die Frage verhindern, daß ich zu offensichtlich zitterte.

»Bei einem Ding in einer Bank in Michigan stieg er aus und brachte mir vier Jahre ein. Als Kronzeuge wurde er selbst nicht unter Anklage gestellt. Vier Jahre in Michigan sind kein Erholungsurlaub. In den Staaten, wo sie einem lebenslänglich verpassen, halten sie viel von guter Führung.«

»Woher wußten Sie, daß er hierhergekommen war?« brachte ich mühsam heraus.

»Ich wußte es gar nicht. Natürlich habe ich mich nach ihm umgesehen. Ich wollte ihm schon gern mal wieder begegnen. Vorgestern abend entdeckte ich ihn plötzlich auf der Straße, verlor ihn aber wieder aus den Augen. Seitdem suchte ich nach ihm. Vorher nicht. Hübscher Junge, dieser Waldo. Wie geht es ihm?«

»Er ist tot«, stieß ich aus.

»Ich kann's doch noch ganz gut«, lachte er, »ob ich nüchtern bin oder angegangen. Na, das ist jetzt ziemlich egal. Haben sie bei der Polizei schon spitz, wer ich bin?«

Ich antwortete ihm nicht schnell genug. Er stieß mir

die Pistole gegen die Kehle, daß ich husten mußte und unwillkürlich danach griff.
»Na, na«, warnte er mich milde. »So dumm sind Sie doch nicht?«
Ich ließ meine Hände wieder fallen und herunterhängen, offen, die Handflächen ihm zugekehrt. So würde er sie haben wollen. Er hatte mich nicht berührt, außer mit seiner Waffe. Es schien ihm gleichgültig zu sein, ob ich eine Pistole bei mir hatte. Wenn er fest entschlossen war, mich umzulegen, konnte es ihm auch gleichgültig sein.
Ihm schien überhaupt eine ganze Menge gleichgültig zu sein, wenn er es wagte, hier in die Gegend zurückzukommen. Vielleicht stand er auch unter der Wirkung des heißen Windes, der gegen meine Fenster wehte wie die Brandung unter einer Landungsbrücke.
»Sie haben Ihre Fingerabdrücke«, sagte ich. »Ich weiß nicht, wie gut sie sind.«
»Sie werden schon brauchbar sein, aber nicht gut genug für Fernschreibübertragung. Sie müssen sie schließlich nach Washington schicken und auf Antwort warten. So lange habe ich Zeit. Warum bin ich wohl hier aufgekreuzt, alter Freund? Was meinen Sie?«
»Sie hörten, wie ich mich in der Kneipe mit dem Barmann unterhielt. Ich nannte ihm meinen Namen und sagte, wo ich wohne.«
»Kluger Junge sind Sie. Aber das ist ›wie‹. Ich fragte: ›warum‹?« Er lächelte mich an. Als das letzte Lächeln in diesem Leben fand ich es wirklich sehr ekelhaft.
»Sparen Sie sich das. Der Henker wird Sie auch nicht danach fragen, warum er zu Ihnen kommt.«
»Hart im Nehmen, alter Freund, was? Nach Ihnen besuche ich den Jungen. Ich war hinter ihm her, als er das Polizeipräsidium verließ. Aber Sie schienen mir der dringendere Fall. Ich bin ihm nur nachgefahren, um festzustellen, wo er wohnt. In dem Wagen, den Waldo sich gemietet hatte. Direkt vom Headquarter aus bin ich ihm nach, alter Freund. Diese komischen Polypen. Man kann ihnen direkt vor der Nase sitzen, und sie erkennen

einen nicht. Aber wenn einer hinter der Straßenbahn herrennt, fangen sie an, mit Maschinengewehren zu schießen. Dabei erwischen sie dann zwei Passanten, einen Taxifahrer, der in seinem Wagen schläft, und eine alte Putzfrau, die irgendwo im zweiten Stock den Boden aufwischt. Und den Burschen, hinter dem sie her sind, den treffen sie nicht. Diese komischen, lausigen Polypen!«

Er bohrte die Mündung seiner Pistole in meinen Hals. Seine Augen wirkten noch wahnsinniger als vorher.

»Ich habe Zeit«, sagte er. »Waldos gemieteter Wagen wird nicht so bald vermißt werden. Und sie werden auch nicht so schnell herausbringen, wer Waldo ist. Ich kenne Waldo. Er war gerissen. Und aalglatt. Das war Waldo.«

»Ich werde mich übergeben, wenn Sie nicht die Pistole von meinem Hals nehmen«, sagte ich.

Er lächelte und senkte die Waffe bis zu meinem Herzen. »Ist's hier besser? Sagen Sie ruhig, wo es Ihnen am liebsten ist.«

Ich mußte lauter gesprochen haben, als ich beabsichtigt hatte. An der Tür zu der Ankleidekammer zeigte sich ein schmaler, dunkler Spalt. Er wurde zentimeterbreit, verbreiterte sich auf ein paar Zentimeter. Ich sah Augen, aber ich blickte nicht hin. Ich starrte in die Augen des Kahlköpfigen, angestrengt. Ich wollte nicht, daß er von mir wegsah.

»Angst?« fragte er leise.

Ich lehnte mich gegen seine Pistole und begann zu zittern. Ich glaubte, es würde ihm Spaß machen, wenn ich zitterte. Die Frau kam jetzt durch die Tür. Sie hatte wieder ihre Pistole in der Hand. Sie tat mir entsetzlich leid. Sie würde versuchen, zur Tür zu laufen – oder anfangen zu schreien. So oder so, es bedeutete »Vorhang runter«, aus, für uns beide.

»Ja, aber lassen Sie nicht die ganze Nacht darüber vergehen«, keuchte ich. Meine Stimme klang mir selbst sehr weit entfernt, wie eine Stimme aus einem Rundfunkempfänger auf der anderen Seite der Straße.

»Mir gefällt das, alter Freund«, lächelte er. »Ich bin nun mal so.«
Die Frau schwebte durch die Luft, irgendwo hinter ihm. Nichts Geräuschloseres hatte es je gegeben als die Art, in der sie sich bewegte. Aber es würde uns gar nichts helfen. Er würde sich ihretwegen auf kein Risiko einlassen. Ich kannte ihn zwar nicht seit seiner Kindheit, aber ich hatte ihm fünf Minuten lang in die Augen gesehen. Das reichte.
»Und wenn ich jetzt schreie?« sagte ich.
»Wirklich? Angenommen also, Sie schreien – so schreien Sie doch!« forderte er mich mit dem Lächeln eines geistesgestörten Mörders auf.
Sie näherte sich nicht der Tür, sie befand sich jetzt direkt hinter ihm.
»Gut – jetzt schreie ich«, sagte ich.
Als wenn das das Zeichen gewesen wäre, rammte sie ihm ihre Pistole hart gegen die kurze Rippe, ohne einen Laut hören zu lassen.
Er mußte darauf reagieren. Es war wie ein Kniereflex. Sein Mund schnappte auf, er riß unwillkürlich beide Arme seitlich hoch und bog den Rücken nach hinten etwas durch. Seine Pistole war auf mein rechtes Auge gerichtet. Ich knickte zusammen und stieß ihm mit meiner ganzen Kraft das Knie in den Unterleib.
Sein Kinn kam mir entgegen, und ich schlug zu. Ich schlug mit der Kraft zu, als würde ich den letzten Nagel an den Schienen einer transkontinentalen Bahn in die Schwelle treiben. Ich kann es noch spüren, wenn ich meine Knöchel biege.
Seine Pistole schrammte die Seite meines Gesichts, ging aber nicht los. Seine Knie waren schon weich. Er rutschte mit einem Stöhnen zu Boden, fiel auf seine linke Seite. Ich trat gegen seine rechte Schulter – aber kräftig. Die Pistole glitt aus seiner Hand, schlitterte über den Teppich, unter einen Sessel. Ich hörte die Schachfiguren hinter mir auf den Boden klappern.
Die Frau stand über ihm und sah ihn an. Dann starrte sie entsetzt in meine Augen.

»Damit gehöre ich Ihnen«, sagte ich und atmete tief aus. »Alles, was ich habe, gehört Ihnen – jetzt und für immer.«

Sie schien mich nicht zu hören. Ihre Augen war so weit aufgerissen, daß das Weiße um ihre leuchtendblaue Iris zu sehen war. Sie bewegte sich schnell rückwärts zur Tür, die kleine Pistole hoch erhoben, griff hinter sich nach der Klinke und drückte sie herunter.

Sie riß die Tür auf und flüchtete hinaus.

Die Tür fiel zu.

Sie war ohne Hut. Und ohne ihre Bolerojacke.

Sie hatte nur ihre Pistole, und die Waffe war immer noch gesichert gewesen, so daß sie gar nicht damit schießen konnte.

Es war sehr still in meinem Zimmer, trotz des draußen tobenden Sturmwindes. Dann hörte ich ihn stöhnen. Sein Gesicht war grünlich bleich. Ich bückte mich und tastete ihn nach weiteren Waffen ab, aber er hatte keine. Aus meinem Schreibtisch holte ich ein Paar Handschellen, zog seine Arme vorn zusammen und fesselte ihm die Handgelenke. Wenn er nicht zu stark daran zerrte, konnten sie eine Weile halten.

Mit den Augen nahm er Maß für meinen Sarg, trotz der Schmerzen, die sie verrieten. Er lag immer noch halb auf der linken Seite, ein verkrümmter, verwelkter, kahlköpfiger, kleiner Bursche, der seine von billigen Silberplomben gefleckten Zähne bleckte. Sein Mund war ein dunkles Loch, aus dem der Atem in kurzen, rasselnden Stößen kam, anhielt, schwach und krächzend wiederkam.

»Tut mir leid, alter Bursche«, murmelte ich, »aber was konnte ich tun?«

Das – zu einem Killer dieser Sorte.

Ich ging in die Ankleidekammer und öffnete die Schublade der Kommode. Ihr Hut und ihre Jacke lagen dort auf meinen Hemden. Ich schob sie hinten unter die Hemden und zog sie darüber wieder ordentlich glatt. Anschließend ging ich in die Küche und goß mir einen kräftigen Schluck Whisky ein, stürzte ihn hinunter,

stand einen Moment da und lauschte auf den Backofenwind, der vor den Fenstern tobte. Eine Garagentür schlug krachend zu, eine Stromleitung, die zwischen zwei Isolatoren zuviel Spiel hatte, peitschte gegen das Haus. Es klang beinahe wie Teppichklopfen.
Der Whisky tat seine Wirkung. Ich ging ins Wohnzimmer zurück und öffnete das Fenster. Der Kerl auf dem Boden hatte ihr Sandelholzparfüm zwar nicht wahrgenommen, aber jemand anderes würde es vielleicht.
Ich schloß das Fenster wieder, rieb mir die Handflächen mit meinem Taschentuch trocken, nahm das Telefon und drehte die Nummer des Polizeipräsidiums.
Copernik war noch im Amt. Mit seiner überheblichen, geleckten Stimme sagte er: »Ja? Was? Sie, Dalmas? Schau mal einer an. Wetten, daß Ihnen noch was eingefallen ist?«
»Haben Sie schon raus, wer der Killer ist?«
»Kann ich Ihnen nicht sagen. Tut mir furchtbar leid. Aber Sie wissen ja, über Ermittlungsarbeit dürfen wir nichts mitteilen.«
»Schön, ist mir auch egal. Aber kommen Sie, und holen Sie ihn ab. Er liegt in meiner Wohnung auf dem Fußboden.«
»Heiliger . . .« Dann dämpfte er seine Stimme und flüsterte fast: »Moment mal, bin gleich wieder da.« Mir kam vor, als hörte ich, wie ein ganzes Stück entfernt eine Tür geschlossen wurde. Dann war er wieder am Apparat. »Schießen Sie los«, sagte er verhalten.
»Er ist gefesselt. Er gehört Ihnen. Ich mußte ihn ein bißchen mit dem Knie behandeln, aber er wird sich davon erholen. Er kam her, um einen Zeugen um die Ecke zu bringen.«
Wieder eine Pause. Seine Stimme war jetzt süß und mild wie Honig. »Hören Sie, alter Junge, wer ist noch bei Ihnen?«
»Bei mir? Niemand. Ich bin allein.«
»Sorgen Sie dafür, daß es so bleibt. Verhalten Sie sich ganz still. Klar?«
»Glauben Sie, ich würde alle Schlafmützen aus der

Nachbarschaft zusammentrommeln und ihnen eine Sondervorstellung geben?«

»Nur keine Aufregung. Passen Sie nur auf, und verhalten Sie sich ganz still. Praktisch bin ich schon bei Ihnen. Verstanden?«

»Ja.« Ich nannte ihm meine Adresse und die Nummer meines Apartments, um ihm Zeit zu ersparen.

Ich konnte mir das zufriedene Grinsen auf seinem knochigen Gesicht vorstellen. Ich holte die 22er Scheibenpistole unter dem Sessel hervor und hielt sie in der Hand, bis ich Schritte im Gang vor meiner Tür und den kurzen Wirbel auf der Füllung hörte, den Knöchel dagegen trommelten.

Copernik kam allein. Er trat schnell durch die Türöffnung, drängte mich mit einem angespannten Grinsen ins Zimmer zurück und schloß die Tür hinter sich. Er stand mit dem Rücken gegen sie gelehnt, die Hand links unter seiner Jacke, ein großer, harter, knochiger Mann mit kalten, grausamen Augen.

Er senkte langsam den Blick und betrachtete den Mann auf dem Boden, der seinen Hals ein bißchen verrenkte, dessen Augen ruckweise hin und her gingen – kranke Augen.

»Sind Sie sicher, daß er es war?« Coperniks Stimme klang rauh.

»Absolut. Wo ist Ybarra?«

»Der hat was zu tun.« Er sah mich nicht an, als er mir antwortete. »Sind das Ihre Handschellen?«

»Ja.«

»Schlüssel«, verlangte er.

Ich gab ihm den Schlüssel. Er ließ sich neben dem Killer schnell auf ein Knie nieder, nahm ihm meine Handschellen ab, warf sie zur Seite. Zog seine eigenen aus der Hüfttasche, drehte dem kahlköpfigen Mann die Arme auf den Rücken und schnappte die Handschellen zu.

»Geschafft, Sie . . .« sagte der Killer tonlos.

Copernik grinste nur, ballte die Faust und gab dem gefesselten Mann einen fürchterlichen Schlag auf den Mund, der ihm den Kopf beinahe weit genug in den

Nacken riß, um ihm das Genick zu brechen. Blut rann ihm aus dem unteren Mundwinkel.

»Holen Sie ein Handtuch«, befahl Copernik.

Ich holte ein Handtuch und gab es ihm. Er stopfte es dem Gefesselten mit bösartiger Roheit zwischen die Zähne, stand auf und rieb mit seinem knochigen Zeigefinger in seinen rattenhaften, blonden Haaren.

»Also, berichten Sie!«

Ich berichtete – ohne daß ich die Frau auch nur mit einem Wort erwähnte. Es klang alles ein bißchen seltsam. Copernik sagte kein Wort und musterte mich unentwegt. Er rieb sich die Seite seiner von Äderchen bedeckten Nase. Dann holte er einen Kamm aus der Tasche und bearbeitete sein Haar, genau wie er es schon einmal an diesem Abend in dem Cocktailroom getan hatte.

Ich trat zu ihm und reichte ihm die Waffe des Killers. Er warf einen gleichgültigen Blick darauf und schob sie in die Tasche. In seinen Augen lauerte etwas, und auf seinem Gesicht machte sich ein hartes, helles Grinsen breit.

Ich bückte mich und fing an, meine Schachfiguren vom Boden aufzusammeln und sie in ihren Kasten zu legen. Den Kasten stellte ich auf den Kaminsims. Ich richtete ein Bein des Spieltisches aus und tat sonst noch einiges. Copernik beobachtete mich die ganze Zeit. Ich wollte ihm Gelegenheit lassen, sich etwas auszudenken.

Schließlich rückte er damit heraus. »Der Kerl hier verwendet eine 22er«, sagte er. »Das tut er, weil er gut genug mit einer Knarre umgehen kann, daß ihm ein so kleines Kaliber reicht. Das bedeutet, er kann wirklich gut damit umgehen. Er klopft an Ihre Tür, bohrt Ihnen seine Knarre in den Bauch, treibt Sie ins Zimmer zurück und erklärt, er sei gekommen, um Ihnen ein für allemal den Mund zu stopfen. Trotzdem machen Sie ihn fertig. Sie haben keinerlei Waffe. Sie machen ihn allein fertig. Sie müssen ganz gut in Form sein, alter Junge.«

»Hören Sie zu«, erwiderte ich und sah auf den Boden. Ich hob noch eine Schachfigur auf und drehte sie zwischen meinen Fingern. »Ich war in ein Schachproblem vertieft. Ich versuchte, mich abzulenken.«

»Sie haben irgendwas im Sinn«, meinte Copernik lauernd. »Sie wollen doch nicht versuchen, einen alten Polypen auf den Arm zu nehmen, alter Freund?«
»Es ist für Sie ein fetter Brocken, und den schenke ich Ihnen praktisch. Was, zum Teufel, wollen Sie mehr?« antwortete ich.
Der Mann auf dem Boden gab hinter dem Handtuch einen undeutlichen Laut von sich. Sein kahler Kopf schimmerte von Schweiß.
»Was soll das? Worauf wollen Sie hinaus?« flüsterte Copernik beinahe.
Ich warf ihm einen schnellen Blick zu und sah wieder weg. »Also gut«, fing ich an. »Sie wissen recht gut, daß ich allein mit ihm nicht fertig werden konnte. Er hatte seine Pistole in der Hand, und er schießt dahin, wo er hinguckt.«
Copernik kniff ein Auge zusammen und blinzelte mir mit dem anderen freundlich aufmunternd zu. »Weiter, nur weiter. Ich hatte mir so was Ähnliches schon gedacht.«
Ich druckste noch ein bißchen mehr herum, um es überzeugender aussehen zu lassen. Schließlich sagte ich langsam: »Ich hatte einen jungen Burschen hier, der drüben in Boyle Heights versucht hat, ein Ding zu drehen, das aber schiefging. Wollte in einer kleinen Tankstelle die Kasse ausnehmen. Ich kenne seine Familie. Er ist in Wirklichkeit gar kein übler Bursche. Er war hier und wollte sich Fahrgeld von mir erbetteln, um abzuhauen. Als es dann klopfte, schlich er sich da hinein.«
Ich deutete auf das Wandbett und die Tür daneben. Copernik schwenkte langsam den Kopf und schwenkte ihn langsam wieder zurück. Seine Augen blinzelten wieder.
»Und das Bürschchen hatte eine Waffe?« fragte er.
Ich nickte. »Und er schlich sich hinter ihn. Dazu gehört schon was, Copernik. Sie müssen dem Jungen eine Chance geben. Sie müssen ihn aus dieser Geschichte hier draußen lassen.«
»Liegt schon eine Anzeige gegen ihn vor?« fragte er leise.

»Er sagte, nein, noch nicht. Aber er hat Angst, daß sie noch kommt.«

Copernik lächelte. »Ich gehöre zur Mordkommission«, meinte er. »Was haben Sie denn getan, Freundchen?«

Ich deutete auf den Geknebelten und Gefesselten am Boden. »Sie haben ihn gefaßt, oder nicht?« sagte ich überredend.

Copernik lächelte immer noch. Eine dicke, weißliche Zunge kam aus seinem Mund und massierte seine breite Oberlippe. »Aber wie?« flüsterte er.

»Haben Sie die Kugeln aus Waldo herausgeholt?«

»Natürlich. Zwei lange Geschosse. Das eine platt gedrückt, an einer Rippe. Das andere ist gut.«

»Sie sind ein gründlicher Arbeiter, oder nicht? Sie übersehen keine Möglichkeit, lassen keine Kleinigkeit außer acht. Von mir wissen Sie überhaupt nichts. Sie kamen zu mir, um nachzuforschen, was ich für eine Waffe besitze.«

Copernik stand auf, ließ sich wieder neben dem Killer aufs Knie. »Können Sie mich verstehen?« fragte er dicht vor dem Gesicht des Mannes am Boden.

Der Gefesselte ließ unverständliche Laute hören. Copernik stand auf und gähnte. »Wer wird schon was darauf geben, was der Kerl sagt. Und nun weiter.«

»Sie rechneten nicht damit, daß Sie bei mir irgend etwas finden würden, aber Sie wollten sich hier mal umsehen. Während Sie also da drin herumschnüffelten« – ich deutete auf die Ankleidekammer – »und ich zwar verärgert war, aber kein Wort dazu sagte, klopfte es zufällig an der Tür. Dann kam er hier rein. Und nach einer Weile schlichen Sie sich raus und schnappten ihn.«

»Ah.« Copernik zeigte mit einem breiten Grinsen so viel Zähne wie ein Pferd. »Das ist Ihr Spiel, Freundchen. Ich schlug ihn um. Ich rannte ihm das Knie in den Bauch, ich machte ihn fertig. Sie hatten keine Waffe, und der Bursche drehte sich schnell zu mir herum, aber ich erwischte ihn mit einem linken Haken und legte ihn auf den Teppich. Klar?«

»Klar«, erwiderte ich.

»Ich war nicht sehr freundlich zu Ihnen, wie?«
»Sie haben mir nur das Leben gerettet.«
»Was geschah weiter?«
»Ich rief die Hüter von Recht und Ordnung und band einem Polizisten, den ich nicht leiden kann, ein paar Lügen auf die Nase, gab ihm allein das Verdienst an der Festnahme des Killers, und damit hatte es sich. Der Kerl, von dem Sie mich befreit haben, war es, der Waldo umgebracht hat.«
»Heißt das – Sie haben von mir nichts gesagt?«
»Meine Dame«, wiederholte ich. »Sie haben mir nur eben mal das Leben gerettet. Was verlangen Sie sonst noch von mir? Ich bin zu allem willens und bereit, und ich werde versuchen, auch dazu fähig zu sein.«
Sie sagte kein Wort und rührte sich nicht.
»Niemand hat von mir etwas über Sie erfahren«, versicherte ich noch einmal. »Im übrigen weiß ich selbst nicht, wer Sie sind.«
»Ich bin Mrs. Frank C. Barsaly, Fremont Place zweizwölf, Olympia 2-4-5-9-6. Wollten Sie das wissen?«
»Danke«, murmelte ich und rollte eine ausgetrocknete, nicht brennende Zigarette zwischen meinen Fingern. »Warum sind Sie noch einmal zurückgekommen?« Dann schnippte ich mit meiner linken Hand. »Ihr Hut und Ihre Jacke! Ich gehe hinauf und hole sie.«
»Nicht nur das. Ich will auch meine Perlen«, sagte sie.
Es kann sein, daß ich etwas zusammengezuckt bin. Mir schien es, als ob ich auch ohne Perlen von der Geschichte schon genug hatte.
Ein Wagen fegte durch die Straße, doppelt so schnell, wie er eigentlich durfte. Eine bittere, dünne Staubwolke stieg von der Straße auf. Sie kurbelte schnell das Wagenfenster hoch, um uns vor ihr zu schützen.
»Also gut. Erzählen Sie mir ruhig von den Perlen. Bisher haben wir erst einen Mord, eine geheimnisvolle Frau, einen wahnsinnigen Killer, eine heldenhafte Rettung und einen Kriminalpolizisten, der dazu verleitet wurde, seinem Vorgesetzten einen gefälschten Bericht

zu erstatten. Jetzt kommen auch noch Perlen. Sei's drum – schießen Sie los!«

»Ich wollte sie für fünftausend Dollars kaufen. Von dem Mann, den Sie Waldo nennen und den ich Joseph Choate nenne. Er hätte sie bei sich haben müssen.«

»Keine Perlen«, erklärte ich nachdrücklich. »Ich sah, was aus seinen Taschen kam. Ein Haufen Geld, aber keine Perlen.«

»Können sie nicht in seiner Wohnung versteckt sein?«

»Gewiß«, räumte ich ein. »Nach allem, was ich weiß, kann er sie überall in Kalifornien versteckt haben, nur nicht in seinen Taschen. Wie geht es Mister Barsaly an diesem heißen Abend?«

»Er ist immer noch in der Stadt auf seiner Konferenz. Sonst hätte ich gar nicht mehr kommen können.«

»Haben Sie ihn wirklich nicht mitgebracht? Vielleicht auf dem Notsitz versteckt?« antwortete ich.

»Das wäre kaum möglich«, erwiderte sie. »Frank wiegt an zweihundert Pfund, ist also ganz kräftig gebaut. Ich glaube nicht, daß er sich gern auf einem Notsitz verstekken würde, Mister Dalmas.«

»Wozu sitzen wir hier eigentlich herum?«

Sie antwortete nicht. Ihre behandschuhten Hände trommelten leise und herausfordernd auf dem Rand des schlanken Steuerrades. Ich warf die unangezündete Zigarette aus dem Fenster, drehte mich ein wenig zu ihr hin und ergriff sie.

Als ich sie wieder losließ, zitterte ich. Sie zog sich so weit, wie sie konnte, auf die andere Seite des Wagens zurück und rieb mit dem Rücken ihres Handschuhs über ihren Mund. Ich saß ganz ruhig da.

Eine Weile sprachen wir nicht. Schließlich sagte sie betont langsam: »Ich wollte, daß Sie das tun. Aber ich war nicht immer so. Es ist erst, seit Stan Phillips in seinem Flugzeug ums Leben kam. Wäre das nicht geschehen, dann wäre ich heute Mrs. Phillips. Stan hat mir die Perlen geschenkt. Sie haben einmal fünftausend Dollars gekostet, sagte er. Weiße Perlen, einundvierzig Stück, die größte mit einem Durchmesser von fast einem Drittel Zoll. Ich weiß nicht, wieviel sie wiegt. Ich habe sie nie schätzen lassen oder einem Juwelier gezeigt, deshalb weiß ich es nicht. Aber ich liebe sie, weil sie von Stan sind. Ich liebe Stan, wie man nur einmal im Leben liebt. Können Sie das verstehen?«

»Wie heißen Sie mit Vornamen?«

»Lola«, antwortete sie ohne Zögern.

»Sprechen Sie weiter, Lola.« Ich zog eine neue ausgetrocknete Zigarette aus meiner Tasche und drehte sie zwischen den Fingern, nur um ihnen eine Beschäftigung zu geben.

»Die Kette wurde durch eine einfache silberne Schließe in Form eines zweiflügeligen Propellers zusammengehalten. An Stelle des Knopfes hatte sie einen kleinen Brillanten. Frank habe ich gesagt, ich hätte mir die Perlen selbst in einem Warenhaus gekauft. Er konnte sie von echten ohnehin nicht unterscheiden. Ich glaube, das ist überhaupt nicht so leicht. Frank ist sehr eifersüchtig, verstehen Sie?«

In der Dunkelheit rückte sie wieder näher, bis ihre Seite mich berührte. Aber diesmal reagierte ich nicht. Der Wind heulte, und die Bäume bogen sich. Ich drehte weiter die Zigarette zwischen den Fingern.

»Wahrscheinlich haben Sie auch die Geschichte gelesen«, sagte sie, »von der Frau mit den echten Perlen, die ihrem Mann erzählt, daß . . .«

»Ich habe sie gelesen.«

»Ich habe Joseph als Chauffeur eingestellt. Mein Mann war damals in Argentinien. Ich war ziemlich einsam.«

»Das wundert mich bei Ihnen nicht.«

»Joseph und ich sind ziemlich viel zusammen ausgefahren. Manchmal haben wir auch zusammen einen Drink genommen oder zwei. Aber das war auch alles. Ich lasse mich mit niemandem ein.«

»Sie erzählten ihm aber von den Perlen«, knurrte ich. »Und als Ihre zweihundert Pfund Lebendgewicht aus Argentinien zurückkamen, schmiß er Joseph raus. Joseph nahm die Perlen mit, weil er wußte, daß sie echt waren. Dann bot er sie Ihnen für fünf Mille an. Stimmt's?«

»Ja«, antwortete sie einfach. »Natürlich wollte ich nicht zur Polizei gehen. Und natürlich hatte Joseph unter diesen Umständen keinerlei Befürchtungen, mir mitzuteilen, wo er wohnte.«

»Der arme Waldo. Irgendwie tut er mir leid. Er hat im ungeeignetsten Augenblick einen alten Freund getroffen, der eine alte Rechnung mit ihm zu begleichen hatte.«

Ich riß ein Streichholz an meiner Schuhsohle an und entzündete die Zigarette. Der Tabak war von der Hitze so ausgedörrt, daß er wie trockenes Gras verglimmte. Die Frau saß schweigend neben mir, die Hände wieder auf dem Steuer.

»Mit Frauen verstehen sie umzugehen, diese Flieger«, sagte ich. »Und Sie lieben ihn also immer noch, oder Sie glauben, daß Sie ihn lieben. Wo hatten Sie die Perlen aufbewahrt?«

»In einer Juwelenkassette aus russischem Malachit auf meinem Toilettentisch. Es war noch ein anderer Modeschmuck dabei. Ich mußte die Perlen dort aufbewahren, wenn ich sie überhaupt jemals tragen wollte.«

»Fünfzehn Mille sollen sie wert sein? Und Sie glauben, Joseph hätte sie irgendwo in seiner Wohnung versteckt? Einunddreißig war die Nummer, nicht wahr?«

»Ja«, erwiderte sie. »Wahrscheinlich verlange ich sehr viel von Ihnen?«

Ich öffnete die Tür und stieg aus dem Wagen. »Ich habe mein Honorar im voraus«, antwortete ich. »Ich werde nachsehen. Die Türen von unseren Apartments sind nicht sonderlich widerspenstig. Die Polizei wird zwar herausfinden, wo Waldo gewohnt hat, wenn sie sein Foto veröffentlichen, aber heute nacht bestimmt nicht mehr.«

»Das ist sehr reizend von Ihnen«, sagte sie. »Soll ich hier warten?«

Ich stand mit dem Fuß noch im Wagen, beugte mich zu ihr und sah sie an. Ich beantwortete ihre Frage nicht. Ich stand nur da und sah in ihre leuchtenden Augen.

Dann schloß ich die Tür hinter mir und ging in Richtung der Franklin Avenue davon.
Und obwohl mir der heiße Wind Staub und dumpfe, verbrauchte Stadtluft ins Gesicht wirbelte, empfand ich immer noch den Sandelholzduft ihres Haares und spürte die Weichheit ihrer Lippen.
Ich schloß die Tür zum Berglund-Haus auf, ging durch die stille Halle zum Fahrstuhl und fuhr in den dritten Stock. Dann schlich ich durch den Korridor und spähte auf die Türschwelle von Apartment Nr. 31. Kein Licht. Ich klopfte – das alte, vertrauliche Signal aus der Zeit der Alkoholschmuggler, die mit einem breiten Lächeln und extragroßen Gesäßtaschen herumliefen. Keine Antwort. Ich nahm aus meiner Brieftasche ein Stück dickes, festes Zelluloid, das angeblich als Schutz für meinen Führerschein diente, und schob es langsam zwischen Schloß und Türrahmen, drückte kräftig gegen den Türknopf, so daß sich die Tür gegen die Angeln schob. Die Kante des Zelluloids erfaßte den Riegel des Schnappschlosses und schob ihn mit einem leichten Klicken, wie wenn ein Eiszapfen abbricht, zurück. Die Tür gab nach, und ich trat in die fast völlige Finsternis. Durch die Fenster schimmerte nur von außen etwas Licht und erhellte hier und da eine Stelle an den Wänden und der Decke.
Ich schloß die Tür, schaltete das Licht ein und blieb zunächst einmal stehen. Ein fremdartiger Geruch hing in der Luft. Ich erkannte ihn sehr schnell. Es war der Geruch von schwarzem Tabak. Ich näherte mich dem Rauchtisch beim Fenster und sah vier braune Stummel vor mir – mexikanische oder südamerikanische Zigaretten.
Über mir, in meiner Etage, wurden Füße auf den Teppich gesetzt, und jemand ging ins Badezimmer. Ich hörte das Wasser in der Toilette rauschen. Ich ging ins Badezimmer von Apartment 31. Ein paar zurückgelassene Dinge, nichts von Wert dabei, kein geeigneter Platz, um etwas zu verstecken. Die Küche nahm etwas länger in Anspruch, obwohl ich genaugenommen nur halb suchte.

Ich war fest überzeugt, daß hier keine Perlen zu finden waren, und ich wußte, daß Waldo entschlossen gewesen war, zu verschwinden, daß er es eilig gehabt und sich in einer Zwangslage befunden hatte, als er sich umdrehte und unvermutet von einem alten Freund zwei Pistolen-kugeln empfing.

Ich ging in das Wohnzimmer zurück, klappte das Wandbett ein Stück herunter, sah an der Seite mit dem Spiegel vorbei in die Ankleidekammer, um Anzeichen zu entdecken, ob sie kürzlich benutzt worden war. Als ich das Bett noch weiter herunterließ, wußte ich, daß ich wirklich nicht länger nach Perlen zu suchen brauch-te, denn ich hatte einen Mann vor mir.

Er war klein, mittleren Alters, eisengrau an den Schlä-fen, mit sehr dunkler Haut, trug einen rehfarbenen An-zug mit einer weinroten Krawatte. Seine gepflegten, braunen Hände hingen lose an seinen Seiten herunter, seine kleinen Füße, in spitzen, polierten Schuhen, er-reichten mit den Spitzen fast den Boden.

Er hing mit einem Gürtel um den Hals am oberen Ende des Metallrahmens der Bettstelle. Seine Zunge ragte ihm weiter aus dem Mund, als ich je geglaubt hatte, daß eine Zunge reichen könnte.

Er schwankte ein bißchen, und das behagte mir nicht. Darum ließ ich das Bett ganz herunter, und er legte sich friedlich auf die beiden auf dem Bett festgeschnallten Kissen. Ich berührte ihn noch nicht. Ich brauchte ihn auch gar nicht erst anzufassen, um zu wissen, daß er eis-kalt war. Ich drückte mich an ihm vorbei in die Anklei-dekammer und faßte mit dem Taschentuch die Griffe der Schubladen an, um sie zu öffnen. Es war alles völlig ausgeräumt, abgesehen von den nichtssagenden Klei-nigkeiten, die ein einzelner Mann zurückläßt, wenn er auszieht.

Ich durchsuchte den Toten. Keine Brieftasche. Waldo mußte sie an sich genommen haben, um sie zu vernich-ten. Eine flache Schachtel mit Zigaretten, noch halb voll, mit goldenem Aufdruck »Louis Tapia de Paysand, 19, Montevideo«, Streichhölzer aus dem Spezzia Club, ein Schulterhalfter aus dunklem, genarbtem Leder und darin eine Neunmillimeter-Mauser.

Die Mauser machte ihn zum Professionellen, deshalb war ich nicht mehr ganz so erschüttert. Aber er konnte kein sehr guter Professioneller gewesen sein, sonst hätte ihn niemand mit bloßen Händen erledigen können, ehe er dazu kam, nach seiner Mauser zu greifen – einer Kanone, mit der man eine Mauer umlegen konnte –, die unberührt in dem Halfter unter seinem Arm steckte.

Ich reimte mir einiges zusammen, wenn auch nicht sehr viel. Vier von den braunen Zigaretten waren geraucht worden. Also hatte er entweder hier gewartet, oder es hatte eine längere Unterhaltung stattgefunden. In ihrem Verlauf hatte Waldo den kleinen Burschen irgendwann am Hals zu fassen gekriegt und ihn gerade an der richtigen Stelle so gehalten, daß er nach ein paar Sekunden weggewesen sein mußte. Die Mauser hatte ihm dagegen weniger genützt als ein Zahnstocher. Dann hatte Waldo ihn an dem Gürtel aufgehängt. Wahrscheinlich war er da schon tot gewesen. Das würde die Hast erklären, mit der Waldo hier ausgeräumt hatte und weswegen er so begierig gewesen war, mit der Frau zusammenzutreffen. Es würde auch erklären, warum er den Wagen unabgeschlossen und mit laufendem Motor vor dem Cocktailroom warten ließ.

Das heißt, es waren Gründe, falls Waldo diesen Mann getötet hatte – und falls das hier wirklich Waldos Apartment war –, falls ich nicht nur an der Nase herumgeführt wurde.

Ich durchsuchte die Taschen des Toten weiter. In seiner linken Hosentasche fand ich ein goldenes Taschenmesser und etwas Silbergeld. In der linken Gesäßtasche ein zusammengefaltetes, parfümiertes Taschentuch, in der rechten ein weiteres Taschentuch, nicht zusammengefaltet, aber benutzt. In der rechten Hosentasche vier oder fünf Papiertaschentücher. Der Kleine hatte auf Sauberkeit gehalten. Er schneuzte sich nicht gern in sein Taschentuch. Ferner fand ich eine kleine, neue Schlüsseltasche mit vier neuen Schlüsseln. Es waren Autoschlüssel. In Gold war auf die Schlüsseltasche aufgeprägt: Mit den besten Wünschen R. H. Vogelsang, Inc., ›Das Packard-Haus‹.

Ich ordnete wieder alles so, wie ich es vorgefunden hatte, klappte das Bett wieder hoch, wischte mit dem Taschentuch über alle Türgriffe, vorstehenden Ecken und glatten Oberflächen, die ich berührt haben konnte, löschte das Licht und steckte meine Nase aus der Tür. Der Gang war leer. Ich ging auf die Straße und um die Ecke zum Kingsley Drive. Der Cadillac hatte sich nicht von der Stelle gerührt.

Ich öffnete die Wagentür und stützte mich darauf. Auch sie schien sich in der Zwischenzeit nicht geregt zu haben. Es war schwer, auf ihrem Gesicht irgendeinen Ausdruck zu erkennen, kaum mehr als ihr Kinn und ihre Augen waren zu sehen. Der Sandelholzduft war verlockend.

»Dieses Parfüm könnte einen Pfarrer um seinen Verstand bringen ... Keine Perlen!«

»Schade. Nun, ich danke Ihnen, daß Sie es versucht haben«, sagte sie mit leiser, sanft vibrierender Stimme. »Ich muß mich wohl damit abfinden. Soll ich ... Werden wir ... Oder ...?«

»Sie fahren jetzt ruhig nach Hause. Und merken Sie sich eines: Sie haben mich nie in Ihrem Leben gesehen. Egal, was passiert. Es kann gut sein, daß Sie mich auch nie wiedersehen werden.«

»Ich fände es bedauerlich.«

»Viel Glück, Lola.« Ich schlug die Wagentür zu und ging zurück.

Der Motor sprang an, die Scheinwerfer flammten auf. An der Ecke beschrieb das große Kabriolett eine langsame, verächtliche Kurve gegen den Sturm und verschwand. Ich stand neben dem leeren Platz am Rand des Bürgersteigs, wo sie geparkt hatte.

Es war jetzt recht dunkel hier. Das Fenster, aus dem das Radio herausgeplärrt hatte, war eine leere Öffnung geworden. Ich stand da und starrte auf die Rückseite des Packard-Kabrioletts, das völlig neu zu sein schien. Ich

hatte es vorhin schon bemerkt, ehe ich in das Haus gegangen war, an der gleichen Stelle, unmittelbar vor Lolas Wagen. Auch der blaue Zettel in der rechten Ecke der blanken Windschutzscheibe war mir schon aufgefallen. Im Geiste betrachtete ich aber etwas anderes – einen Satz neuer Wagenschlüssel in einer ledernen Schlüsseltasche mit der goldenen Prägung ›Das Packard-Haus‹.
Ich ging an die Vorderseite des Wagens und ließ den Strahl meiner kleinen Taschenlampe auf den Zettel fallen. Es war tatsächlich der gleiche Händler. In schwarzer Tinte standen unter seiner Firma und seinem Werbeschnack ein Name und eine Adresse: Eugenie Kolchenko, 5315 Arvieda Street, West Los Angeles.
Es war natürlich verrückt, aber ich ging noch mal zu dem Apartment Nummer 31 zurück, öffnete die Tür in der gleichen Weise wie vorhin, trat hinter das Wandbett und holte die Schlüssel aus der Hosentasche der ordentlichen, braungekleideten, aufgehängten Leiche. Keine fünf Minuten später stand ich wieder auf der Straße neben dem Kabriolett. Die Schlüssel paßten.

5

Es war ein kleines Haus, nahe bei einem Cañon, draußen, hinter Sawtelle. Im Halbkreis standen verkrüppelte Eukalyptusbäume davor. Etwas weiter, auf der anderen Straßenseite, war eine von den Parties im Gange, bei denen sie auf die Straße kommen, wenn sie soweit sind, und Flaschen auf den Bürgersteig pfeffern und dazu ein Beifallsgebrüll vollführen, als hätte Yale gegen Princeton ein Tor geschossen.
Vor dem Haus, in das ich wollte, waren ein Drahtzaun und ein paar Rosenstöcke, ein mit Steinplatten belegter Fußweg und daneben eine Garage, die weit offenstand und in der kein Wagen war. Auch vor dem Haus stand kein Wagen. Ich drückte auf die Klingel. Ich mußte ziemlich lange warten. Dann öffnete sich ganz unerwartet die Tür.

Ich war nicht der Mann, den sie erwartet hatte, das konnte ich ihren Augen, die sie mit schwarzen Rändern versehen hatte, ansehen. Aber dann konnte ich gar nichts mehr darin sehen. Sie stand nur da und betrachtete mich, eine große, hagere, lebenshungrige Frau mit geröteten Backenknochen, dichtem, schwarzem, in der Mitte gescheiteltem Haar, einem Mund, der für eine Dreischichtentorte ausreichte, einem Pyjama in Korallenrot und Gold, Sandalen – und mit goldlackierten Zehennägeln. An ihren Ohrläppchen hingen ein paar Miniaturtempelglocken und bimmelten leise im Wind. Sie machte eine langsame, geringschätzige Bewegung mit ihrer Zigarettenspitze.

»Nun, was gihbt es, kleiner Mahn? Sie wünschen etwas? Sie haben verloren Ihre Gesellschaft von das schöne Party auf andere Seite von Straße, wie?«

»Haha«, antwortete ich. »Lustige Party, nicht wahr? Nein, ich gehöre nicht dazu. Ich habe nur gerade Ihren Wagen nach Hause gebracht. Sie haben ihn doch vermißt? Oder nicht?«

Auf der anderen Straßenseite hatte im Vorgarten einer einen Anfall von Delirium tremens, und ein gemischtes Quartett zerkeifte das, was von der Nachtstille noch übriggeblieben war, in kleine Fetzen und tat, was es konnte, um diese Fragmente so unerträglich wie möglich zu machen. Während sich das abspielte, zuckte die exotische, dunkle Schöne nicht einmal mit den Wimpern.

Schön war sie eigentlich nicht, nicht einmal hübsch, aber sie sah aus, als ob es nie lange dauern würde, bis etwas passierte, wenn sie mit von der Partie war.

»Sie haben gesagt wahs?« brachte sie schließlich in einer Stimme heraus, die so seidig wie angebrannter Toast war.

»Ihr Wagen.« Ich deutete über meine Schulter, ließ sie aber nicht aus den Augen. Sie war der Typ, der Messer benutzt.

Die lange Zigarettenspitze sank sehr langsam an ihrer Seite hinunter, und die Zigarette rutschte heraus. Ich trat sie aus, und auf diese Weise kam ich in das Haus.

Sie wich vor mir zurück, und ich drückte die Tür hinter mir zu.

Die Halle glich dem langen Gang in einem Schlafwagen. Rosa Lämpchen glimmten an schmiedeeisernen Wandarmen. Am Ende der Halle war ein Vorhang aus Perlenschnüren, auf dem Boden lag ein Tigerfell. Das stand ihr alles gut zu Gesicht.

»Sind Sie Miss Kolchenko?« fragte ich, da sie keinerlei Reaktion zeigte.

»Ja. Ich Miss Kolchenko. Was zum Teufel Sie wollen hier?«

Sie sah mich jetzt an, als sei ich gekommen, um ihre Fenster zu putzen, aber zu einer ungelegenen Zeit.

Mit der linken Hand zog ich eine meiner Geschäftskarten und hielt sie ihr hin. Sie schob ihren Kopf gerade so weit vor, um sehen zu können, und las sie in meiner Hand. »Ein Detektiv?« hauchte sie.

Sie sagte etwas in einer sprühenden Sprache, die ich nicht kannte. Dann: »Sie kommen herein! Dieses verdammte Wind macht Haut trocken wie Papier.«

»Wohin denn? Ich habe die Tür gerade hinter mir zugemacht. Kommen Sie zu sich, Nazimowa. Wer war das? Ich meine den Kleinen in Braun?«

Hinter dem Perlenvorhang hustete ein Mann. Sie zuckte zusammen, als hätte sie einer mit einer Austerngabel gepiekt. Dann versuchte sie zu lächeln. Es gelang ihr nicht besonders.

»Eine Belohnung?« sagte sie leise. »Sie wollen warten hier. Zehn Dollars ist gute Belohnung, nein?«

»Nein«, antwortete ich.

Ich hob langsam einen Finger und berührte sie. »Er ist tot.«

Sie sprang einen großen Schritt von mir zurück und stieß einen Schrei aus.

Ein Sessel knarrte laut. Schritte ertönten hinter dem Perlenvorhang, eine kräftige Hand griff hindurch, teilte ihn, und ein großer, hart aussehender, vierschrötiger, blonder Bursche stand vor uns. Er trug einen violetten Morgenmantel über einem Pyjama. Seine Hand hielt etwas in der rechten Tasche des Morgenmantels. Er stand ganz ruhig da, sobald er durch den Vorhang gekommen war, die Beine gespreizt, das Kinn vorgereckt, seine farblosen Augen wie graues Eis. Er sah wie ein Mann aus, der aus dem Stand nicht so leicht umzuwerfen ist.

»Was ist los, Goldschatz?« Er hatte eine feste, rauhe Stimme, mit gerade genug schwammigem Unterton, um zu verraten, daß sein Typ tatsächlich an goldlackierten Zehennägeln zu erkennen war.

»Ich komme wegen Miss Kolchenkos Wagen«, erklärte ich.

»Sie könnten ruhig den Hut abnehmen«, meinte er, »oder es wenigstens mal versuchen.«

Ich nahm ihn ab und entschuldigte mich.

»Schon gut«, wehrte er ab und hielt seine rechte Hand fest in die violette Tasche gebohrt. »Sie kommen also wegen Miss Kolchenkos Wagen. Dann erzählen Sie mal.«

Ich drängte mich an der Frau vorbei und näherte mich ihm. Sie scheute wieder vor mir zurück, drückte sich eng an die Wand, die Handflächen flach dagegen gepreßt. Die Kameliendame in einer Schülervorstellung war nichts dagegen. Die lange Zigarettenspitze lag leer zu ihren Füßen.

Als ich drei Schritte von dem großen Mann entfernt war, sagte er gelassen: »Von da kann ich Sie hören. Seien Sie vorsichtig. Ich habe hier in der Tasche eine Waffe und mußte lernen, damit umzugehen. Was ist nun mit dem Wagen?«

»Der Mann, der ihn sich ausgeliehen hat, kann ihn nicht zurückbringen«, sagte ich und hielt ihm meine Karte, die ich immer noch in der Hand hielt, vors Gesicht. Er warf kaum einen Blick darauf. Er sah mich gleich wieder an.

»Und was weiter?«

»Sind Sie immer so stark? Oder nur im Schlafanzug?« fragte ich.

»Weshalb kann er den Wagen nicht selbst zurückbringen? Und sparen Sie sich überflüssige Bemerkungen«, antwortete er ungerührt.

Die dunkelhaarige Frau ließ einen dumpfen Laut hören.

»Keine Sorgen, Goldschatz«, sagte er. »Das bringe ich schon in Ordnung. Geh inzwischen hinein.«

Sie glitt an uns beiden vorbei und verschwand durch den Perlenvorhang.

Ich wartete ein paar Augenblicke. Der große Mann zuckte mit keinem Muskel. Er sah nicht beunruhigter aus als eine Schildkröte, die sich sonnt.

»Er kann ihn nicht bringen, weil jemand ihn umgebracht hat«, erklärte ich. »Nun zeigen Sie mal, wie Sie das in Ordnung bringen.«

»Wirklich? Haben Sie ihn mitgebracht, um es zu beweisen?«

»Nein, aber wenn Sie sich Ihren Schlips umbinden und einen Claque aufsetzen, kann ich Sie hinführen und es Ihnen zeigen.«

»Wie, haben Sie noch gesagt, heißen Sie?«

»Gesagt habe ich gar nichts. Ich dachte, Sie könnten lesen.«

Ich hielt ihm die Karte noch einmal ein bißchen hin.

»Ja, richtig. John Dalmas. Privater Rechercheur. Schön, schön. Ich soll also mit Ihnen fahren und jemanden ansehen, der ausgelöscht wurde. Warum eigentlich?«

»Vielleicht hat er den Wagen gestohlen?«

Der große Mann nickte. »Das könnte sein. Vielleicht hat er. Wer?«

»Der kleine Braune, der die Schlüssel dazu in der Tasche hatte und ihn um die Ecke vom Berglund-Haus geparkt hat.«

Er überlegte, ohne ein sichtbares Zeichen der Überraschung zu zeigen. »Da ist etwas dran. Nicht viel, aber ein bißchen. Ich habe den Eindruck, als ob die Polizei heute nacht dienstfrei hat. Sie tun scheinbar die ganze Arbeit für sie.«

»Da stand auf der Karte ›Privatdetektiv‹«, sagte er dann. »Haben Sie vielleicht ein paar Polypen da draußen warten, die zu schüchtern sind, hereinzukommen?«

»Nein, ich bin allein.«

Er grinste. Das Grinsen ließ seine Zähne als weiße Kanten neben seiner sonnengebräunten Haut sichtbar werden. »Sie finden also jemanden, der ist tot, und Sie nehmen ein paar Schlüssel und finden einen Wagen und kommen hier herausgefahren – ganz allein, ohne Polizei. Ist das so?«

»Genauso.«

Er seufzte. »Gehen wir hinein«, sagte er. Mit einer ungeduldigen Bewegung schob er den Perlenvorhang zur Seite und ließ mich durch die Öffnung vorangehen. »Könnte sein, daß Sie eine Idee haben, die ich mir anhören sollte.«

Ich ging an ihm vorbei, und er drehte sich um, so daß er mir die schwere Tasche zugewendet hielt. Erst als ich ganz dicht an ihm vorbeikam, bemerkte ich die winzigen Schweißperlen auf seinem Gesicht. Sie konnten natürlich von dem heißen Wind herrühren, aber das glaubte ich nicht.

Wir waren im Wohnraum des Hauses.

Wir setzten uns und sahen uns über den dunklen Fußboden hinweg an, auf dem ein paar Navajoteppiche und ein paar dunkle türkische Brücken lagen, die auf die schon etwas abgenutzten, übergroßen Polstermöbel dekorativ abgestimmt waren. Es gab einen Kamin, einen kleinen Stutzflügel, einen chinesischen Wandschirm, eine große chinesische Laterne auf einem Teakholzständer und goldene Netzvorhänge vor den Gitterfenstern. Das Fenster nach Süden stand offen. Ein Obstbaum mit weißgekalktem Stamm bog sich im Sturm, und sein Stöhnen und Ächzen trug noch zu dem Lärm der Party auf der anderen Straßenseite bei.

Der große Mann ließ sich in einen mit Brokat überzogenen Sessel sinken und legte seine Füße in Hausschuhen auf eine Fußbank. Seine rechte Hand hielt er dort, wo sie war, seit er sich gezeigt hatte – auf seiner Pistole.

Die Dunkelhaarige stand im Halbdunkel, eine Flasche gluckste, und die Tempelglöckchen an ihren Ohren bimmelten.

»Es ist alles in Ordnung, Goldschätzchen«, sagte der Mann. »Alles ist unter Kontrolle. Jemand hat jemanden umgelegt, und der junge Mann hier glaubt, es würde uns interessieren. Also setz dich hin, und rege dich nicht auf.«

Die Frau legte den Kopf zurück und ließ ein halbes Wasserglas voll Whisky in ihre Kehle laufen. Sie seufzte tief, sagte in gleichgültigem Ton »Verdammt noch mal« und gruppierte sich auf dem Diwan. Sie füllte den ganzen Diwan aus. Sie hatte jede Menge Beine. Ihre vergoldeten Zehennägel schimmerten aus der schummerigen Ecke, in der sie sich von nun an ruhig verhielt, zu mir herüber.

Ich zog eine Zigarette aus der Tasche, ohne daß auf mich geschossen wurde, zündete sie an und begann mit meiner Geschichte. Es war nicht alles wahr, was ich erzählte, aber einiges doch. Ich erzählte vom Berglund-Haus, daß ich dort wohnte, daß Waldo im Apartment 31 auf der Etage unter mir gewohnt hatte und daß ich ihn aus geschäftlichen Gründen in den Augen behalten hätte.

»Was für ein Waldo?« warf der blonde Mann ein. »Und was für geschäftliche Gründe?«

»Lieber Herr«, antwortete ich, »Sie haben wohl vor niemandem Geheimnisse?« Daraufhin errötete er etwas.

Ich berichtete von dem Cocktailroom gegenüber dem Berglund und was dort geschehen war. Ich sagte nichts von der bedruckten Bolerojacke oder der Frau, die sie getragen hatte. Ich ließ sie ganz aus der Geschichte heraus.

»Mein Auftrag ist vertraulich – so sehe ich ihn jedenfalls an. Falls Sie verstehen, was ich damit meine?« Er wurde wieder rot und preßte die Kiefer zusammen. Ich fuhr fort: »Ich kam vom Headquarter zurück, ohne daß ich jemandem erzählt hatte, daß ich Waldo kenne. In einem geeigneten Moment, nachdem ich mich davon überzeugt hatte, daß die Polizei heute nacht nicht mehr herausbekommen würde, wo er gewohnt hatte, nahm ich mir die Freiheit, seine Wohnung zu durchsuchen.«

»Wonach suchten Sie dabei?« fragte der Große mit belegter Stimme.

»Nach Briefen. Nebenbei möchte ich bemerken, daß dort nichts mehr zu finden war – außer einem toten Mann. Erwürgt und mit einem Gürtel oben am Rahmen des Wandbettes aufgehängt – gut außer Sicht geschafft. Ein kleiner Mann, vielleicht fünfundvierzig, Mexikaner oder Südamerikaner, gut angezogen, in einem rehfarbenen Anzug . . .«
»Das reicht«, sagte der große Mann. »Ich beiße an, Dalmas. Betraf Ihr Auftrag eine Erpressung?«
»Man kann es so nennen. Das Absonderliche daran ist, daß der kleine Mann eine dicke Kanone unter dem Arm trug.«
»Aber er hatte natürlich keine fünfhundert Dollars in Zwanzigern in der Tasche? Oder etwa doch?«
»Wie sollte er? Hingegen hatte Waldo über siebenhundert in gängigen Scheinen bei sich, als er in dem Cocktailroom umgelegt wurde.«
»Sieht so aus, als hätte ich diesen Waldo unterschätzt«, antwortete er ungerührt. »Er hat also meinen Mann erledigt und nahm ihm mein Geld ab, trotz seiner Kanone und allem anderen. Hatte Waldo eine Waffe?«
»Nein. Bei sich jedenfalls nicht.«
»Gib uns was zu trinken, Goldschatz«, sagte der Vierschrötige. »Ja, ich habe mich in diesem Waldo anscheinend sehr getäuscht, sah in ihm nicht mehr als einen ausgewachsenen Halbstarken.«
Die dunkelhaarige Eugenie entknotete ihre Beine und mixte uns zwei Whisky mit Soda und Eis. Sie selbst gönnte sich einen weiteren kräftigen Schluck ohne Beilagen und faltete sich wieder auf dem Diwan zusammen. Ihre aufgerissenen, schimmernden Augen beobachteten mich ehrfürchtig.
»Alsdann«, sagte der große Mann und hob sein Glas. »Ich habe niemanden umgebracht, aber ich stecke jetzt in einem Scheidungsprozeß. Nach allem, was Sie erzählen, haben auch Sie keinen ermordet, aber offensichtlich haben Sie im Headquarter ein dickes Ei gelegt. Zum Teufel! Das Leben besteht aus nichts als Schwierigkeiten, wie man es auch ansieht. Wenigstens habe ich

diesen Goldschatz hier. Sie ist Weißrussin, ich habe sie in Shanghai kennengelernt. Sie ist so sicher wie ein Panzerschrank, wenn sie auch aussieht, als würde sie einem für einen Cent die Kehle durchschneiden. Das gefällt mir so besonders an ihr. Sie ist was fürs Herz, ohne das sonst übliche Risiko.«

»Du reden sehr dummes Zeug«, zischte der Goldschatz erbost.

»Sie sehen mir so aus, als ob Sie in Ordnung wären«, fuhr er fort, ohne auf sie zu achten. »Soweit ein Schleicher das sein kann. Gibt es einen Ausweg?«

»Ja, aber das wird eine Kleinigkeit kosten.«

»Damit habe ich gerechnet. Wieviel?«

»Sagen wir: noch mal fünfhundert.«

»Verdammt, dieses heiße Wind macht mich trocken wie Asche von Liebe«, seufzte die Russin.

»Fünfhundert wäre tragbar«, sagte der Vierschrötige. »Und was bekomme ich dafür?«

»Wenn es mir gelingt, wird Ihr Name nicht genannt, und Sie bleiben unbehelligt. Wenn nicht, brauchen Sie nicht zu zahlen.«

Er überlegte. Sein Gesicht sah jetzt zerfurcht und erschöpft aus. Kleine Schweißtropfen glänzten unter seinem Haaransatz.

»Diesen Mord werden Sie nicht verschweigen können, den zweiten meine ich«, murmelte er. »Und das, was ich kaufen wollte, habe ich nicht bekommen. Wenn die fünfhundert zum Schmieren sind, würde ich es lieber gleich an die richtige Stelle bringen.«

»Wer war der kleine Mann in Braun?«

»Er heißt Leon Valesanos, ein Uruguayer. Ich habe auch ihn importiert. Mein Beruf bringt mich weit in der Welt herum. Er arbeitete im Spezzia Club in Chiseltown, unten am Sunset Boulevard, unmittelbar vor Beverly Hills. Als Croupier beim Roulette, glaube ich. Ich gab ihm die fünfhundert, damit er zu diesem – diesem Waldo geht und ihm ein paar Rechnungen abkauft, die Miss Kolchenko auf meinen Namen gemacht hat. War nicht sehr klug von mir, wie? Ich hatte sie in meiner Aktentasche, und dieser Waldo hatte eine Chance, sie daraus zu stehlen. Was, glauben Sie, ist zwischen den beiden geschehen?«

Ich trank einen Schluck aus meinem Glas und sah ihn an meiner Nasenspitze vorbei an. »Ihr Freund aus Uruguay hat sich wahrscheinlich nicht deutlich genug geäußert, und Waldo hat nicht richtig hingehört. Dann glaubte Ihr Mann vielleicht, daß die Mauser seinen Argumenten mehr Gewicht verleihen könnte, aber Waldo war zu schnell für ihn. Ich bin nicht der Meinung, daß Waldo ein Killer war, jedenfalls kein professioneller. Erpresser sind das selten. Vielleicht hat er die Nerven verloren, vielleicht hat er dem Kleinen auch nur etwas länger den Hals zugehalten, als er eigentlich wollte. Jedenfalls mußte er schleunigst verschwinden. Aber er hatte noch ein anderes Geschäft abzuwickeln, in dem für ihn mehr Geld drin war, und er suchte in der Nachbarschaft nach der betreffenden Person. Zufällig lief er dabei einem alten Freund in die Hände, der bösartig und betrunken genug war, ihn auf der Stelle umzublasen.«

»Bei der Angelegenheit gibt es verflucht viele zufällige Zusammentreffen«, meinte der Vierschrötige nachdenklich.

»Das macht der heiße Wind«, sagte ich grinsend. »Heute ist jeder durchgedreht.«

»Für die fünfhundert garantieren Sie also nichts? Wenn ich nicht gedeckt werde, bekommen Sie einfach Ihr Geld nicht? Ist es so gemeint?«

»Genauso.«

»›Durchgedreht‹ ist der richtige Ausdruck.« Er leerte sein Glas. »Ich nehme Ihren Vorschlag an.«

»Auf zwei Dinge muß ich Sie noch aufmerksam machen«, sagte ich langsam und beugte mich in meinem Sessel vor. »Waldo hatte seinen Wagen, mit dem er fliehen wollte, unabgeschlossen und mit laufendem Motor vor dem Cocktailroom stehenlassen, und der Killer ist damit fortgefahren. Es besteht die Möglichkeit, daß von dieser Seite immer noch ein Rückschlag eintritt. Verstehen Sie? Waldos ganzes Gepäck muß in dem Wagen gewesen sein.«

»Also einschließlich meiner Rechnungen und Ihrer Briefe?«

»Natürlich. Aber in solchen Dingen ist die Polizei meistens sehr vernünftig, es sei denn, Ihr Name ist bekannt genug, um die Presse zu interessieren. Wenn das nicht der Fall ist, werde ich mit dem einen oder anderen im Headquarter schon klarkommen. Wenn Sie sehr bekannt sind« – ich hob die Schultern –, »dann sieht es wieder anders aus. Wie, sagten Sie noch, war Ihr Name?«

Er ließ sich viel Zeit, ehe er antwortete. Als die Antwort kam, war ich längst nicht so überrascht, wie ich eigentlich erwartet hatte. Plötzlich erschien es alles nur ganz logisch.

»Frank C. Barsaly«, sagte er.

Bald danach bestellte die Russin ein Taxi für mich. Als ich ging, unternahm die Party auf der anderen Seite der Straße noch alles, was man von einer Party erwarten konnte. Ich stellte aber fest, daß die Wände des Hauses noch standen. Ich fand das bedauerlich.

6

Es roch nur so nach Polizei, als ich die gläserne Eingangstür zum Berglund aufschloß. Ich sah auf meine Armbanduhr. Es war inzwischen fast drei Uhr morgens. In einer dunklen Ecke der Halle döste ein Mann in einem Sessel mit einer Zeitung über dem Gesicht. Er hatte seine langen Beine weit von sich gestreckt. Eine Ecke des Papiers hob sich ein Stückchen und sank wieder herunter. Der Mann machte keine andere Bewegung.

Ich ging durch die Halle zum Fahrstuhl und fuhr in meine Etage. Mit leisen Schritten schlich ich durch den Gang, drehte den Schlüssel im Schloß, stieß die Tür weit auf und griff nach dem Lichtschalter.

Noch ehe ich ihn fand, klickte ein anderer Schalter, und grell leuchtete die Stehlampe neben dem Lehnsessel hinter dem Schreibtisch auf, auf dem immer noch ein paar meiner Schachfiguren herumlagen.
In dem Sessel saß Copernik mit einem harten, unangenehmen Grinsen im Gesicht. Der kleine Dunkle, Ybarra, saß auf der anderen Seite des Zimmers, links von mir, still, mit seinem üblichen halben Lächeln.
Copernik zeigte noch mehr von seinen gelben Pferdezähnen und begrüßte mich: »Tag. Lange nicht gesehen. Mit einem Mädchen ausgewesen?«
Ich schloß die Tür, nahm den Hut ab und wischte mir langsam immer wieder mit dem Taschentuch über den Nacken. Copernik grinste mich unentwegt weiter an. Ybarra sah mit seinen sanften, dunklen Augen unbestimmt vor sich hin.
»Setzen Sie sich, alter Freund«, grunzte Copernik. »Machen Sie es sich bequem. Wir müssen ein Palaver miteinander veranstalten. Mann, wie ich diese Herumtreiberei nachts hasse. Wußten Sie schon, daß Ihr Schnaps alle war?«
»Nein. Aber es überrascht mich nicht«, erwiderte ich und lehnte mich gegen die Wand.
Copernik grinste weiter. »Ich habe die privaten Schleicher immer gehaßt, aber ich habe noch nie die Chance gehabt, einem den Kragen umzudrehen wie heute nacht.«
Er griff mit einer trägen Handbewegung neben den Sessel, hob vom Boden eine bedruckte Bolerojacke auf und warf sie auf den Spieltisch. Er griff noch einmal hinunter und legte einen breitrandigen Hut dazu.
»Ich wette, wenn Sie das Zeug hier anhaben, sehen Sie ganz besonders schick aus«, witzelte er bösartig.
Ich griff nach einem Stuhl, drehte ihn um und setzte mich rittlings darauf, legte meine gefalteten Arme auf die Lehne und sah Copernik an.
Er stand sehr langsam auf. Mit vorsätzlicher Langsamkeit kam er durch das Zimmer, blieb vor mir stehen und strich sich die Jacke glatt. Dann hob er seine rechte, of-

fene Hand und schlug mich mitten ins Gesicht – hart. Es schmerzte, aber ich rührte mich nicht.

Ybarra betrachtete die Decke, betrachtete den Fußboden, betrachtete nichts im besonderen.

»Sie sollten sich schämen«, sagte Copernik höhnend, »mit diesen teuren und kostbaren Dingen so achtlos umzugehen. Einfach zusammengeknüllt unter Ihre alten Hemden gesteckt. Bei euch mistigen Schnüfflern wird mir immer übel.«

Er blieb eine Weile vor mir stehen. Ich rührte mich nicht und sagte nichts. Ich sah ihm nur in seine glasigen Trinkeraugen. Er ballte eine Hand zur Faust, dann zuckte er mit den Schultern, drehte sich um und ging zu dem Sessel zurück.

»Die Fortsetzung können wir uns für später aufheben. Wo haben Sie diese Sachen her?«

»Sie gehören einer Dame.«

»Was Sie nicht sagen. Einer Dame? Hat man da noch Worte? Ich will Ihnen sagen, welcher Dame sie gehören. Sie gehören der Puppe, nach der ein Kerl, der Waldo genannt wurde, in einer Kneipe auf der anderen Seite der Straße gefragt hat – ungefähr zwei Minuten bevor er umgelegt wurde. Oder sollte das Ihrem Gedächtnis entfallen sein?«

Ich erwiderte kein Wort.

»Sie waren selbst an ihr interessiert«, knurrte Copernik weiter. »Aber Sie waren gerissen, alter Freund. Sie haben mich getäuscht.«

»Daran ist noch nichts gerissen.«

Sein Gesicht verzerrte sich plötzlich, und er wollte aufstehen. Ybarra lachte plötzlich leise, fast verhalten. Coperniks Blick fuhr zu ihm hinüber, blieb an ihm hängen. Dann sah er mich wieder an, ausdruckslos.

»Der Jumbo mag Sie leiden«, höhnte er, »er hält was von Ihnen.«

Das Lächeln von Ybarras Gesicht verschwand, aber kein anderer Ausdruck trat an seine Stelle. Er zeigte überhaupt keinen Ausdruck.

Copernik sagte: »Sie wußten die ganze Zeit, wer dieses

Weibsstück war. Sie wußten auch, wer Waldo war und wo er wohnte. Unmittelbar auf dem Gang gegenüber, nur einen Stock tiefer. Sie wußten, daß dieser Waldo jemanden umgebracht hat und sich verdrücken wollte, nur dieses Frauenzimmer hat ihn in seinen Plänen irgendwie aufgehalten. Er wollte sie noch unbedingt sprechen, bevor er verschwand. Dazu hatte er allerdings keine Gelegenheit mehr. Ein alter Freund von ihm, ein gewisser Al Tessilore, verhinderte das, indem er Waldo zwei Dinger verpaßte. Sie haben also diese Puppe getroffen, ihre Kleider versteckt, sie weggeschickt und bei uns darüber dichtgehalten. Auf diese Art verdienen Kerle Ihrer Sorte sich ihre Brötchen. Stimmt's?«

»Ja, stimmt. Nur habe ich das alles erst sehr viel später erfahren. Wer war Waldo denn?«

Copernik zeigte mir seine gebleckten Zähne. Rote Flekke brannten auf seinem fahlen Gesicht. Ybarra sah vom Boden auf und sagte sehr ruhig: »Er hieß Waldo Rattigan. Wir bekamen seine Personalien über Fernschreiber aus Washington. Er war ein Gelegenheitseinbrecher mit ein paar kleinen Vorstrafen. Bei einem Banküberfall in Detroit fuhr er einen Wagen. Später verpfiff er seine Komplicen und wurde als Kronzeuge außer Strafvollzug gestellt. Einer von dieser Bande war Al Tessilore. Er hat noch kein Wort ausgesagt, aber wir sind der Meinung, daß die Begegnung in dem Cocktailroom gegenüber reiner Zufall war.«

Ybarra sprach mit der gedämpften, ruhigen, klar modulierenden Stimme eines Mannes, der ein Ohr für Töne hat.

»Danke, Ybarra«, sagte ich. »Darf ich rauchen – oder wird Copernik mir die Zigarette aus dem Mund treten?«

Ybarra lächelte plötzlich. »Natürlich können Sie rauchen«, antwortete er.

»Der Jumbo hat für Sie wirklich etwas übrig«, stichelte Copernik.

Ich zündete mir eine Zigarette an. Ybarra sah zu Copernik und sagte sehr sanft: »Dieser Ausdruck ›Jumbo‹ –

du übertreibst es ein bißchen. Ich höre es nicht sehr gern, wenn man mich so nennt.«

»Mich kümmert es einen Dreck, was du gern hörst, Jumbo.«

Ybarras Lächeln verstärkte sich etwas. »Du machst einen Fehler«, sagte er. Er zog aus seiner Tasche eine Nagelfeile und begann, seine gepflegten Nägel zu behandeln, den Blick auf seine Hände gerichtet.

Copernik trompetete. »Ich habe von Anfang an gemerkt, daß an Ihnen etwas stank, Dalmas. Als wir festgestellt hatten, wer die beiden Kerle waren, hielten Ybarra und ich es für ganz angebracht, mit Ihnen noch ein paar Worte zu wechseln. Ich nahm eines von Waldos Fotos aus der Leichenhalle mit – saubere Arbeit, das Licht in den Augen genau richtig, seine Krawatte glatt und gerade und sein weißes Taschentuch ordentlich in der Brusttasche. Rein aus Routine holten wir den Verwalter hier im Haus aus dem Bett und zeigten es ihm. Und er kannte den Burschen. Hier hieß er A. B. Hummel, wohnte im Apartment 31. Wir sahen uns darin um und fanden einen Toten. Darüber zerbrechen wir uns immer noch den Kopf. Niemand hat eine Ahnung, wer er ist. Er hatte aber ein paar prächtige Fingerabdrücke am Hals, unter dem Gürtel, und wir hatten bald herausgefunden, daß sie vorzüglich zu Waldos Fingern paßten.«

»Das beruhigt mich aber«, sagte ich. »Ich dachte schon, ich hätte ihn ermordet.«

Darauf starrte Copernik mich eine ganze Weile an. Sein Gesicht zeigte kein Grinsen mehr, es war jetzt nur noch ein hartes, brutales Gesicht, sonst nichts. »Wir haben noch etwas anderes. Wir haben sogar den Wagen, mit dem Waldo fliehen wollte, und damit auch alles, was er mitnehmen wollte.«

Ich stieß den Rauch meiner Zigarette heftig aus. Der Wind dröhnte gegen die geschlossenen Fenster. Die Luft im Zimmer war verbraucht und schal.

»Ja, wir sind helle«, höhnte Copernik. »Aber Ihnen hätten wir nie so viel Mumm zugetraut. Sehen Sie sich mal das hier an.«

Er bohrte seine knochige Hand in seine Jackentasche und zog langsam etwas über die Kante des Spieltisches, ließ es über den grünen Filzbelag gleiten und ausgestreckt und schimmernd dort liegen: eine Perlenschnur mit einer Schließe in der Form eines zweiflügeligen Propellers. Sie glänzte sanft und milchig durch die rauchige Luft im Zimmer.

Lola Barsalys Perlen. Die Perlen, die der Flieger ihr geschenkt hatte; der Mann, der tot war; der Mann, den sie immer noch liebte.

Ich starrte darauf, ohne mich zu rühren. Nach einer langen Pause sagte Copernik fast ernst: »Sie sind doch schön, diese Perlen. Sind Sie jetzt bereit, uns zu sagen, was Sie über die Angelegenheit wissen, *Mister* Dalmas?«

Ich stand auf, schob den Stuhl zurück, ging langsam durch das Zimmer, blieb vor den Perlen stehen und sah sie mir genau an. Die größte maß etwa ein Drittel Zoll im Durchmesser. Sie waren rein weiß, irisierend, hatten einen milden Glanz. Ich nahm sie von dem Spieltisch neben dem Hut und der Bolerojacke auf. Sie wogen schwer, die Perlen, waren glatt und schön.

»Hübsch«, meinte ich. »Haben eine Menge Kummer gebracht und Schlimmeres. Ja, ich werde Ihnen jetzt berichten, was ich weiß. Sie müssen eine schöne Stange Gold wert sein.«

Ybarra lachte. Es war ein sehr wohlwollendes Lachen. »Etwa hundert Dollars«, sagte er. »Mehr nicht. Es sind zwar gute Imitationen – aber sie sind trotzdem falsch.«

Ich nahm die Perlen wieder in die Hand. Coperniks glasige Augen waren hämisch auf mich gerichtet. »Woran erkennen Sie das?« fragte ich.

»Ich verstehe etwas von Perlen«, antwortete Ybarra. Die hier sind gut gearbeitet. Es sind Nachahmungen, wie sie oft angefertigt werden, als eine Art Versicherung gewissermaßen. Aber sie sind glatt wie Glas. Echte Perlen sind rauh, wenn man sie zwischen die Zähne nimmt. Versuchen Sie es einmal.«

Ich nahm zwei oder drei Perlen zwischen die Zähne, be-

wegte mein Gebiß auf und ab und dann seitlich, ohne fest zuzubeißen. Die Perlen waren hart und glatt.
»Sie sind wirklich sehr gut«, sagte Ybarra. »Manche haben sogar kleine Unebenheiten und flache Stellen, wie echte Perlen auch.«
»Würden sie fünfzehntausend Dollars kosten, wenn sie echt wären?«
»Das ist gut möglich. Es ist schwer zu sagen. Ihr Preis hängt von sehr vielen Umständen ab.«
»Dieser Waldo war gar nicht so übel«, sagte ich nachdenklich.
Copernik stand schnell auf, aber ich bemerkte nicht, wie er ausholte. Ich blickte immer noch auf die Perlen. Seine Faust traf mich seitlich gegen die Backenzähne. Ich schmeckte sofort Blut, taumelte zurück und tat so, als ob der Schlag schlimmer gewesen sei, als er wirklich war.
»Setzen Sie sich, und reden Sie, Sie . . .« Copernik war heiser, er flüsterte beinahe.
Ich setzte mich und betupfte mit dem Taschentuch meinen Mund und leckte den Riß innen an meiner Backe. Dann stand ich wieder auf, hob die Zigarette auf, die er mir aus der Hand geschlagen hatte, drückte sie in einem Aschenbecher aus und setzte mich wieder.
Ybarra feilte an seinen Nägeln herum, hielt dann die Hand ins Licht der Lampe. Unter Coperniks Augenbrauen, an den Innenseiten, standen kleine Schweißtropfen.
»Sie haben die Perlen in Waldos Wagen gefunden?« fragte ich und sah Ybarra an. »Haben Sie auch Papiere gefunden?«
Er schüttelte den Kopf, ohne aufzusehen.
»Ihnen glaube ich das. Alles, was ich weiß, ist folgendes. Ich habe Waldo nie gesehen, bis er heute abend in den Cocktailroom kam und nach der Frau fragte. Ich wußte nicht mehr, als ich zu Protokoll gegeben habe. Aber als ich nach Hause kam und aus dem Fahrstuhl trat, wartete diese Frau mit dem bedruckten Bolero, dem breitrandigen Hut und dem Kleid aus blauem Sei-

denkrepp – genau wie Waldo sie beschrieben hatte – auf den Fahrstuhl, hier im Haus, auf meiner Etage. Ich hielt sie für eine anständige Frau.«

Copernik lachte verächtlich. Es war mir gleichgültig. Ich hatte ihn in der Hand. Das wußte er nur noch nicht. Aber er sollte es erfahren. Sehr bald.

»Mir war klar, daß sie als Zeugin von der Polizei gesucht wurde«, fuhr ich fort, »aber ich vermutete, daß hier ein Geheimnis dahintersteckte. Ich erkannte jedenfalls, daß sie in einer gefährlichen Situation war, blieb aber auch fest überzeugt, daß gegen sie selbst nichts vorlag oder daß sie sich etwas hatte zuschulden kommen lassen. Sie war eine anständige Frau, die sich in einer üblen Lage befand und es noch nicht einmal wußte. Ich brachte sie hier in mein Apartment. Sie zog eine Pistole und hielt mich damit in Schach, aber sie meinte es nicht ernst.«

Copernik richtete sich plötzlich in seinem Sessel auf und begann, sich die Lippen zu lecken. Sein Gesicht hatte jetzt einen steinernen Ausdruck, es sah aus, als sei es aus feuchtem, grauem Stein. Er gab keinen Laut von sich.

»Waldo war ihr Chauffeur gewesen«, berichtete ich weiter. »Er nannte sich damals Joseph Choate. Sie heißt Mrs. Frank C. Barsaly. Ihr Mann ist ein bedeutender Wasserbauingenieur. Ein Freund schenkte ihr vor langer Zeit die Perlen, und ihrem Mann sagte sie, sie habe sie in einem Warenhaus gekauft. Waldo erfuhr auf irgendeine Weise ihre romantische Vorgeschichte, und als Barsaly aus Südamerika zurückkam und ihn hinauswarf, weil er ihm zu gut aussah, ließ Waldo die Perlen mitgehen.«

Ybarra hob den Kopf und zeigte seine leuchtenden Zähne. »Wollen Sie damit sagen, er wußte nicht, daß die Perlen falsch waren?«

»Ich glaube, er hat die echten verscherbelt und die Imitationen anfertigen lassen.«

Ybarra nickte. »Das ist möglich.«

»Er hat noch mehr mitgehen lassen. Papiere aus Barsalys Aktentasche, die beweisen, daß er eine andere Frau aushält, draußen in Brentwood. Er erpreßte beide, den Mann und die Frau, ohne daß er oder sie vom anderen etwas wußte. Haben Sie es so weit verstanden?«

»Ich verstehe«, sagte Copernik rauh und preßte die Lippen zusammen. Sein Gesicht war immer noch wie feuchter, grauer Stein. »Berichten Sie weiter, aber ein bißchen fixer!«

»Waldo fürchtete die beiden nicht. Er verschwieg ihnen nicht einmal, wo er wohnte. Das war unvorsichtig, aber es ersparte ihm eine Unmenge Hin und Her, wenn er das riskierte. Die Frau kam heute abend mit fünf Mille in der Tasche, um ihre Perlen zurückzukaufen. Aber sie traf Waldo nicht. Sie kam hier ins Haus, um ihn zu suchen, stieg aber eine Etage höher, ehe sie mit dem Fahrstuhl wieder nach unten fuhr und das Haus verließ. Frauen stellen sich vor, daß man auf diese Weise nicht auffällt. Dadurch begegnete sie mir. Ich brachte sie hier hinein. Und als Al Tessilore mich besuchte, um einen Zeugen zu beseitigen, war sie in meiner Ankleidekammer.« Ich deutete auf die Tür neben meinem Wandbett. »Dort kam sie dann mit ihrer kleinen Pistole in der Hand heraus und rammte sie ihm in den Rücken und rettete mir das Leben«, schloß ich.

Copernik rührte sich nicht. In seinem Gesicht lag jetzt etwas Schreckliches. Ybarra schob seine Nagelfeile in ein kleines Lederetui und steckte es langsam in die Tasche.

»Ist das alles?« fragte er freundlich.

Ich nickte. »Außer, daß sie mir auch die Nummer von Waldos Apartment sagte. Ich ging dann dorthin und suchte nach den Perlen. Dabei fand ich den Toten. In seiner Tasche waren neue Autoschlüssel mit der Adresse von einer Packardvertretung. Und unten auf der Straße fand ich den Packard und brachte ihn, wo er hingehört. zu der Frau, die von Barsaly ausgehalten wird. Barsaly hatte einen Freund aus dem Spezzia Club hergeschickt, der Waldo diese Papiere abkaufen sollte. Aber er wollte mit der Pistole kaufen statt mit dem Geld, das Barsaly ihm gegeben hatte, und Waldo erwies sich als der Schnellere und erwischte ihn vorher.«

»Ist das alles?« fragte Ybarra noch einmal sanft.

»Ja, das ist alles«, antwortete ich und fuhr mit der Zunge über die wunde Stelle in meinem Mund.

Langsam fragte Ybarra: »Und was verlangen Sie?«

Coperniks Gesicht verzerrte sich. Er klatschte auf seinen langen dicken Oberschenkel. »Das ist ja großartig«, höhnte er. »Der dreckige Schleicher läßt sich mit einer vagabundierenden Schlampe ein, verstößt gegen jedes denkbare Gesetz, und du fragst ihn noch, was er verlangt. Ich werde ihm geben, was er braucht, Jumbo.«

Ybarra sah ihn an. »Das wirst du, glaube ich, nicht tun. Ich denke, du wirst ihm bestätigen, daß er sich völlig einwandfrei verhalten hat, und ihm alles geben, was er fordert. Schon als Lohn für die Lektion, die er dir als Polizist erteilt.«

Copernik rührte sich nicht und gab eine Minute lang keinen Laut von sich. Keiner von uns bewegte sich. Dann beugte sich Copernik vor, und seine Jacke ging auf. Der Kolben seines Dienstrevolvers wurde in dem Halfter unter seinem Arm sichtbar.

»Was wollen Sie also?« fragte er mich.

»Was da auf dem Spieltisch liegt. Die Jacke, den Hut und die falschen Perlen. Und daß ein paar Namen nicht in den Zeitungen erscheinen. Ist das zuviel?«

»Ja – das ist zuviel«, antwortete Copernik beinah freundlich. Er schwenkte etwas zur Seite, und seine Waffe sprang ihm geradezu in die Hand. Er legte den Unterarm auf seinen Oberschenkel und richtete die Pistole auf meinen Leib.

»Mir gefällt es besser, wenn Sie sich mit einem Stück Blei im Bauch zufriedengeben, weil Sie bei der Verhaftung Widerstand leisteten. Das gefällt mir besser, weil ich einen gewissen Bericht zu Protokoll gegeben habe über die Verhaftung von Al Tessilore und wie ich ihn festgenommen habe. Und weil ein paar Aufnahmen von mir in den Morgenzeitungen sind, die jetzt gerade auf der Straße erscheinen. Mir gefällt es besser, wenn Sie

nicht mehr so lange leben, daß Sie noch darüber lachen können.«
Mein Mund war plötzlich heiß und trocken. Weit entfernt hörte ich den Sturm toben. Es klang wie das Grollen von Kanonen.
Ybarra rührte seine Füße auf dem Boden und sagte kalt: »Du hast hier zwei Fälle, die völlig klar sind. Alles, was du zu tun hast, ist, hier wertloses Zeug liegenzulassen und ein paar Namen nicht in den Berichten zu nennen. Das heißt, vor dem District Attorney nicht zu nennen. Wenn er sie trotzdem herausfindet, wird das für dich sehr übel.«
Copernik sagte nur: »Mir gefällt es auf die andere Art besser.« Die stahlblaue Pistole in seiner Hand war wie ein Steinbrocken. »Und Gott sei dir gnädig, wenn du mich nicht deckst.«
Ybarra sagte ungerührt: »Wenn die Frau zur Aussage kommt, wirst du als Beamter entlarvt, der Protokolle fälscht, und als einer, der seinen eigenen Partner hintergangen hat. In einer Woche werden sie im Amt nicht mal mehr deinen Namen nennen. Es wird allen schlecht werden, wenn sie ihn nur aussprechen.«
Der Hahn an Coperniks Waffe knackte, und ich sah, wie sich sein dicker, knochiger Finger um den Abzug krümmte. Mein Nacken war so naß wie eine Hundeschnauze.
Ybarra stand auf. Der Revolver zuckte auf ihn. Er sagte: »Jetzt wollen wir mal sehen, wie gelb ein Jumbo ist, Sam. Ich sage dir, steck die Waffe weg.«
Er bewegte sich vorwärts und ging vier ruhige Schritte auf Copernik zu. Copernik war wie ein Klotz, ohne den Hauch einer Bewegung, versteinert.
Ybarra trat noch einen Schritt näher an ihn heran, und ganz plötzlich begann die Waffe zu schwanken.
Ybarra sagte gelassen: »Steck sie weg, Sam. Wenn du einen klaren Kopf behältst, geht alles in Ordnung. Wenn nicht, ist es aus mit dir.«
Er ging noch einen Schritt näher. Copernik öffnete den Mund weit und ließ einen japsenden Laut hören, dann

fiel er in den Sessel zurück, als sei er über den Kopf geschlagen worden. Seine Augen klappten zu.

Mit einer Bewegung, die so schnell war, daß sie gar nicht als Bewegung wirkte, riß Ybarra ihm die Waffe aus der Hand. Er trat schnell zurück, ließ die Waffe an seiner Seite herunterhängen.

»Es ist der heiße Wind, Sam. Wir wollen das Ganze vergessen«, sagte er fast melancholisch.

Coperniks Schultern sackten nach vorn, und er legte das Gesicht in die Hände. »Okay«, stöhnte er zwischen den Fingern.

Ybarra ging langsam quer durch das Zimmer und öffnete die Tür. »Ich würde für eine Frau, die mir das Leben gerettet hat, auch eine Menge tun«, sagte er. »Ich schlucke diese Geschichte hier. Aber Sie können von mir als Polizisten nicht erwarten, daß es mir gefällt.«

»Übrigens, der Mann in Waldos Apartment heißt Leon Valesanos. Er war Croupier im Spezzia Club«, lenkte ich ab.

»Danke«, antwortete Ybarra. »Komm, Sam, gehen wir.«

Copernik erhob sich schwerfällig, ging durchs Zimmer und durch die offene Tür und verschwand aus meinem Blickfeld. Ybarra folgte ihm und wollte die Tür hinter sich zuziehen.

»Einen Moment noch«, sagte ich.

Langsam wendete er den Kopf, seine linke Hand auf dem Türgriff, in der rechten Coperniks stahlblaue Waffe.

»Mir geht es bei der Geschichte nicht um Geld«, sagte ich. »Die Barsalys wohnen Fremont Place zwei-zwölf. Sie können ihr die Perlen bringen. Wenn Barsalys Name nicht in die Zeitungen kommt, erhalte ich fünf Hunderter. Die kriegt der Unterstützungsfonds. Ich bin nicht ganz so smart, wie Sie vielleicht denken. Das heute passierte alles rein zufällig – und weil Ihr Partner ein Schuft ist.«

Ybarra sah zum Spieltisch auf die Perlen. Seine Augen

leuchteten. »Bringen Sie ihr die Perlen«, sagte er. »Das mit den fünfhundert ist in Ordnung. Ich finde, der Fonds hat sie verdient.«
Er schloß leise die Tür, und gleich darauf hörte ich, wie die Fahrstuhltür zugeschlagen wurde.

7

Ich öffnete das Fenster, hielt den Kopf in den Wind und sah zu, wie der Polizeiwagen davonfuhr. Der Wind blies sehr stark, und ich ließ ihn ins Zimmer wehen. Ein Bild fiel von der Wand, und vom Spieltisch rollten die zwei Schachfiguren, die immer noch dort gelegen hatten. Der Stoff von Lola Barsalys Bolero wurde vom Zug erfaßt und flatterte.
Ich ging in meine Küche und trank den Rest Scotch, der übriggeblieben war, ging ins Wohnzimmer zurück und rief sie an, so spät es auch war.
Sie antwortete selbst, sehr schnell, und ihrer Stimme nach hatte sie noch nicht geschlafen.
»Dalmas«, sagte ich. »Bei Ihnen alles klar?«
»Ja . . . ja«, antwortete sie. »Ich bin allein.«
»Ich habe etwas gefunden oder, richtiger, die Polizei. Ihr dunkelhaariger Chauffeur hat Sie betrogen. Ich habe eine Perlenkette, aber die Perlen sind nicht echt. Er hat die echten verkauft, nehme ich an, und Ihren Verschluß an einer Kette mit falschen Perlen anbringen lassen.«
Sie schwieg sehr lange. Dann fragte sie etwas verstört: »Die Polizei hat meine Perlen gefunden?«
»In Waldos Wagen, aber sie wird nichts darüber verlauten lassen. Sie hat mit mir ein kleines Abkommen getroffen. Sehen Sie sich die Morgenzeitungen an, dann werden Sie es verstehen.«
»Dann ist wohl nichts mehr weiter zu sagen? Kann ich die Schließe wiederbekommen?«
»Selbstverständlich. Können Sie mich morgen um vier Uhr in der Bar des Esquire Club treffen?«

»Das ist sehr freundlich von Ihnen«, sagte sie mit müder Stimme. »Ich werde da sein. Frank ist noch bei seiner Konferenz.«

»Diese Konferenzen haben es in sich. Sie reiben einen auf«, antwortete ich. Wir verabschiedeten uns.

Ich rief eine Nummer in Los Angeles an. Er war noch da, bei seinem russischen Goldschatz.

»Sie können mir morgen einen Scheck über fünfhundert Dollars schicken«, erklärte ich ihm. »Sie können ihn gleich auf den Unterstützungsfonds ausstellen, wenn Sie wollen. Der bekommt ihn nämlich.«

Copernik bestritt mit zwei Fotos und einer guten halben Spalte Text die dritte Seite der Morgenzeitungen. Der kleine Mann in Braun aus Apartment 31 tauchte nirgends auf. Der Verband der Apartmenthausbesitzer hatte ja schließlich auch seine Verbindungen.

★

Ich verließ nach dem Frühstück das Haus. Der Wind hatte sich völlig gelegt. Es war kühl, ein wenig neblig. Der Himmel hing tief, ruhig und grau. Ich fuhr zum Boulevard, suchte den besten Juwelier, der dort zu finden ist, und legte die Perlenkette auf eine schwarze Samtunterlage unter einer Tageslichtlampe. Ein Mann in steifem Kragen mit umgebogenen Ecken und gestreiften Beinkleidern sah sie gelangweilt an.

»Was sind die wert?« fragte ich.

»Bedaure, mein Herr. Wir geben keine Schätzungen ab. Ich kann Ihnen die Adresse eines Experten geben.«

»Nehmen Sie mich nicht auf den Arm. Das sind Holländische.«

Er bog die Lampe etwas näher, beugte sich vor und fingerte ein bißchen an den Perlen herum.

»Ich möchte eine Kette, genau wie die hier, mit diesem Verschluß gearbeitet, und zwar sehr schnell«, ergänzte ich.

»Wie diese hier?« Er blickte nicht auf. »Es sind keine Holländischen, wie Sie meinen, sondern Böhmische.«
»Von mir aus. Können Sie die Kette nachmachen?«
Er schüttelte den Kopf und schob die Samtunterlage von sich, als habe er Angst, sich daran zu beschmutzen. »In drei Monaten vielleicht. Hierzulande wird diese Art Glasperlen nicht hergestellt. Wenn sie wirklich ähnlich werden sollen, dauert es mindestens drei Monate. Und unsere Firma übernimmt derartige Aufträge überhaupt nicht.«
»Muß schön sein, wenn man so vornehm sein kann«, bewunderte ich ihn und schob ihm eine Karte unter den Ärmel. »Nennen Sie mir eine, die es tut – und nicht in drei Monaten –, und wenn sie nicht ganz genauso ausfallen, muß es eben auch gehen.«
Er zuckte die Schultern und ging mit der Karte fort. Nach fünf Minuten kam er wieder und gab sie mir zurück. Auf der Rückseite stand etwas geschrieben.

Der alte Levantiner hatte einen Laden am Melrose Boulevard, einen Trödelladen, in dessen Fenster alles zu sehen war: vom zusammenklappbaren Kinderwagen bis zum französischen Horn, von einem perlmutternen Lorgnon bis zu einem sechsschüssigen 44er Spezialrevolver, wie sie immer noch für die Sheriffs im Westen hergestellt werden, deren Großväter einmal zähe Burschen gewesen sind.
Der Alte trug ein Käppchen auf dem kahlen Schädel, zwei Brillen übereinander und hatte einen Vollbart. Er studierte meine Perlen, schüttelte traurig den Kopf. »Für zwanzig Dollars, fast so gut. Nicht ganz so gut, verstehen Sie. Glas nicht so gut.«
»Wie werden sie aussehen?«
Er spreizte seine festen, kräftigen Hände. »Ich sage Ihnen die Wahrheit. Sie werden kein kleines Kind damit täuschen.«
»Machen Sie sie. Mit dem Verschluß hier. Die anderen Perlen will ich natürlich zurückhaben.«
»Ja, mache ich. Um zwei Uhr sind sie fertig.«

Leon Valesanos, der kleine, braune Mann aus Uruguay, schaffte es für die Nachmittagszeitungen. Er war erhängt in einem nicht genannten Apartment gefunden worden. Die polizeilichen Ermittlungen seien noch nicht abgeschlossen.

Um vier Uhr kam ich in die lange, kühle Bar des Esquire Club und schlenderte an den Nischen entlang, bis ich eine fand, in der eine einzelne Frau saß. Sie trug einen Hut, der wie ein flacher Suppenteller mit sehr breit geratenem Rand aussah, ein braunes Schneiderkostüm mit einer sehr männlich gehaltenen Hemdbluse und einer Krawatte.

Ich setzte mich neben sie und schob ihr ein Paket über die Bank zu. »Öffnen Sie es nicht«, sagte ich ihr. »Das beste wäre, Sie werfen es, wie es ist, in die Heizung.«

Sie sah mich mit dunklen, müden Augen an. Zwischen ihren Fingern drehte sie den dünnen Stiel eines Glases, das nach Pfefferminz roch. »Danke«, sagte sie. Ihr Gesicht war sehr blaß.

Ich bestellte mir einen Highball, und der Kellner ging wieder fort. »Haben Sie die Zeitungen gelesen?«

»Ja.«

»Verstehen Sie jetzt, wie das mit diesem Copernik gewesen war, der Ihnen Ihren Auftritt gestohlen hat? Das ist der Grund, weshalb er den Mund halten muß und Sie nicht mehr hineinziehen kann.«

»Es wäre jetzt gleichgültig. Trotzdem danke ich Ihnen. Bitte zeigen Sie mir die Perlen.«

Ich nahm eine Perlenschnur aus einem Stück Seidenpapier, das ich lose in der Tasche hatte, und schob sie ihr hin. Die silberne Schließe glänzte im Licht der Wandleuchter. Der kleine Brillant glitzerte, die Perlen waren so stumpf wie weiße Seife. Sie entsprachen nicht einmal in der Größe dem Original.

»Sie haben recht«, sagte sie tonlos. »Das sind nicht meine Perlen.«

Der Kellner kam mit meinem Drink, und sie schob die Perlen schnell in ihre Handtasche. Als er fort war, betrachtete sie die Schnur noch einmal, ließ sie langsam durch ihre Finger gleiten und wieder in die Tasche fallen. Sie sah mich mit einem mechanischen, freudlosen Lächeln an.

»Ja, Sie hatten recht. Aber ich kann wenigstens die Schließe aufbewahren.«

Langsam sagte ich: »Sie kennen mich nicht. Sie haben mir gestern nacht das Leben gerettet, und einen Moment lang waren wir uns nahe. Aber es war nur ein Moment. Sie wissen auch jetzt noch nichts von mir. Im Headquarter ist ein Inspektor. Er heißt Ybarra, ein Mexikaner von der guten Sorte. Er hat den Fall bearbeitet und die Perlen in Waldos Wagen gefunden. Das sage ich Ihnen, falls Sie sich vergewissern wollen, daß . . .«

»Reden Sie keinen Unsinn«, unterbrach sie mich. »Es ist alles vorbei. Es war eine Erinnerung. Ich bin zu jung, um von Erinnerungen zu leben. Vielleicht ist so alles am besten. Ich habe Stan Phillips geliebt – aber er ist tot, lange, lange tot.«

Ich sah sie an, ohne zu antworten.

Leise fügte sie hinzu: »Heute morgen sagte mir mein Mann etwas, wovon ich nichts geahnt hatte. Er will sich von mir trennen. Ich habe heute also sehr wenig Grund zur Fröhlichkeit.«

»Das tut mir leid«, sagte ich lahm. »Aber sonst ist nichts weiter zu sagen. Vielleicht sehen wir uns gelegentlich. Vielleicht auch nicht. Ich habe nicht sehr viele Bekannte in Ihren Kreisen. Jedenfalls viel Glück!«

Ich stand auf. Wir sahen uns einen Moment lang in die Augen.

»Sie haben Ihr Glas nicht einmal angerührt«, sagte sie dann.

»Trinken Sie es. Dieses Pfefferminzzeug wird Ihnen nicht bekommen.«

Ich stand vor ihr, meine Hand auf dem Tisch gestützt.

»Wenn Ihnen mal jemand lästig fällt, lassen Sie es mich wissen.«

Ich verließ die Bar, ohne mich umzusehen, stieg in meinen Wagen und fuhr über den Sunset Boulevard nach Westen und die ganze Strecke bis zur Küstenstraße hinunter. Überall auf dem Weg waren die Gärten voller verdorrter und verfärbter Blätter und Blüten, die der heiße Wind verbrannt hatte.

Aber der Ozean war kühl und ruhig und so wie immer. Ich fuhr weiter, fast bis Malibu. Dann parkte ich und ging am Strand entlang und setzte mich auf einen großen Felsen, innerhalb von einem Stacheldrahtzaun, den irgend jemand gezogen hatte. Es war ungefähr Halbtide, und die Flut lief. In der Luft lag der Geruch von Seetang. Ich beobachtete eine Weile die Wellen, dann zog ich die Schnur mit den imitierten böhmischen Perlen aus der Tasche, schnitt den Knoten an einem Ende ab und zog die Perlen eine nach der anderen herunter.

Als ich sie alle lose in der linken Hand hatte, hielt ich sie eine Weile so und dachte nach. Es gab in Wirklichkeit gar nichts, worüber ich nachdenken konnte. Davon war ich überzeugt.

»Dem Andenken von Mister Stan Phillips«, sagte ich laut, »der auch nur ein Schwindler war.«

Ich warf die Perlen ins Wasser, eine nach der anderen, nach den auf den Wellen treibenden Möwen.

Sie verursachten beim Aufschlagen auf das Wasser kleine Spritzer, und die Möwen flatterten hoch und schnappten danach.

MATERIALIEN

Inhaltsverzeichnis

Einleitung

Als Chandler 1959 – kurz vor seinem Tod – zum Präsidenten der Vereinigung amerikanischer Kriminalschriftsteller (The Mystery Writers of America) gewählt worden war, schrieb er: »Schließlich habe ich den größten Teil meines Lebens mit Versuchen verbracht, aus dem Kriminalroman etwas zu machen – vielleicht etwas mehr, als er ursprünglich sein sollte.«[1] In dem mit englischem Understatement formulierten »etwas mehr« liegt sein Verdienst: Er machte aus dem als trivial eingestuften Kriminalroman einen literarischen Roman mit künstlerischem Anspruch. Die Londoner Zeitung ›The Times‹ drückte es im Nachruf dann deutlicher aus: *»Sein Name wird zweifellos zu dem runden Dutzend Verfassern von Kriminalromanen gerechnet werden, die auch Neuerer und Stilisten waren, die, während sie die gewöhnliche Erzader des Kriminalromans ausbeuteten, das Gold der Literatur schürften.«*

Dieser Band soll der Annäherung an Chandlers Erzählkunst dienen. Er enthält zwei längere Erzählungen, in denen der Detektiv zwar nicht Marlowe wie in den Romanen, sondern Carmady oder Dalmas heißt, in denen aber der typisch Chandlersche Stil bereits weitgehend entwickelt ist. Als die Erzählung ›Die Zielscheibe‹ (›The Curtain‹, 1936) in dem Krimi-Magazin ›Black Mask‹ erschien, hatte Chandler bereits drei Jahre für diese Reihe gearbeitet und die Gattungsform im Griff. Die Erzählung eignet sich als Einstieg in ein weiteres Chandler-Studium, denn er baute das Material in seinen ersten großen Roman ›Der tiefe Schlaf‹ (›The Big Sleep‹, 1939) ein, und die Eröffnungssituation erscheint

---

(1) In: Dorothy Gardiner und Katherine Sorley Walker (Hrsg.): Chandler über Chandler. Briefe, Aufsätze, Fragmente. Ullstein, Frankfurt a. M./Berlin 1965. S. 37. Der ›Times‹-Ausschnitt S. 38. – Dieses Buch erschien in England 1962 unter dem Titel ›Raymond Chandler Speaking‹.

wieder in seinem Meisterwerk ›Der lange Abschied‹ (›The Long Good-Bye‹, 1953). Die Erzählung ›Heißer Wind‹ (›Red Wind‹, 1938) erfuhr keine Umformung. Chandler rechnete sie noch nach zehn Jahren zu seinen gelungensten.

Die Materialien erhellen in Teil I den Ausgangspunkt von Chandlers schriftstellerischem Schaffen: Er entdeckt die *Magazingeschichte* als Ausdrucksmittel und Verdienstmöglichkeit.

Teil II beschäftigt sich mit seiner *Sprache* und gibt einen Blick in seine ›Werkstatt‹: Chandler beschreibt seine *Arbeitsweise.*

Chandler wird häufig als Hauptvertreter des realistischen Kriminalromans angesehen. Teil III versucht eine differenzierende Beurteilung zu entwickeln und die *Grenzen des Realismus* abzustecken.

Teil IV legt das ›Rückgrat‹ des Detektivs bloß: Zähigkeit und Härte werden als *Tugend des Helden* von verschiedenen Blickwinkeln betrachtet: von der Schreibtradition und Schreibtechnik, von gesellschaftlichen Werten und von biographischen Einflüssen her.

I. Schreibtraining im Umgang mit der Magazingeschichte

Die Zeittafel zu Leben und Werk (S. 150/151) zeigt, daß Raymond Chandler bereits jenseits der Lebensmitte war, als er 1932 anfing, seine literarische Existenz aufzubauen. Seine Entlassung aus dem Vorstand kalifornischer Ölgesellschaften brachte ihn in eine persönliche und materielle Krise und löste den Berufswechsel aus. Patricia Highsmith sieht in seinem Leben den Stoff von Leidenschaften und Romanen vom Format eines Dostojewski und stellt verwundert fest, es sei seltsam, »daß, als er schließlich zu schreiben anfing, er nicht das gewaltige Gefühlsmaterial verwendete, das ihm zur Verfügung stand«[2].

Wenn er als erfolgreicher Autor in Briefen zurückblickt, scheint der Verlust des Büropersonals und der Wechsel von der Chefetage auf die Straße ihn kaum zu berühren.

1. Raymond Chandler: [Die Entdeckung eines Stils]

(1950)

[. . .] Während ich im Auto die pazifische Küste hinauf- und hinabstreifte, begann ich billige Zeitschriften zu lesen, weil sie so billig waren, daß man sie nachher wegwerfen konnte, und weil ich zu keiner Zeit an dem Geschmack fand, was man Familienzeitschriften nennt. Das war die große Zeit von ›Black Mask‹ (falls man es eine große Zeit nennen konnte), und es machte mich betroffen, daß der Stil zum Teil sehr durchschlagend und ehrlich war, selbst wenn er seine brutalen Aspekte hatte. Ich kam zu der Ansicht, das könne eine gute Methode sein zu versuchen, Romane schreiben zu lernen und

(2) Patricia Highsmith schrieb eine kurze Einführung zu: Miriam Gross (Hrsg.): The World of Raymond Chandler. Weidenfeld und Nicolson, London 1977. Zitat S. 2.

gleichzeitig einen kleinen Geldbetrag ausbezahlt zu bekommen.
Ich verwandte fünf Monate an eine Geschichte von 18 000 Wörtern[3] und verkaufte sie für 180 Dollar. [. . .]

Chandler am 10. November 1950 an Hamish Hamilton. In: Chandler über Chandler (s. Anmerkung 1), S. 23. Ausschnitt.

Zeitschriften, die »so billig waren, daß man sie nachher wegwerfen konnte«, hießen »pulp magazines«. Sie hatten ihren Namen vom holzhaltigen Brei (wood pulp), aus dem das billige Papier hergestellt war. Schon vor der Jahrhundertwende brachte eine derartige Groschenheftserie Erzählungen über den New Yorker Meisterdetektiv Nick Carter. In den zwanziger Jahren hatte sich in Amerika eine ganze Industrie für solche Zeitschriften entwickelt, mit einem Heer von Schreiberlingen, die unter zahlreichen Pseudonymen veröffentlichten und bei einer Bezahlung von einem Cent pro Wort davon leben konnten, weil sie sehr schnell schrieben. Das Krimi-Magazin ›Black Mask‹ hatte sich nach und nach seiner Qualität wegen eine Spitzenposition erobert. Seine Herausgeber verfolgten die Konzeption der »hartgesottenen«[4] Erzählung und konnten durch höhere Bezahlung bessere Autoren verpflichten: etwa Erle Stanley Gardner oder Dashiell Hammett (der Erfahrungen aus erster Hand als Detektiv bei der Agentur Pinkerton gesammelt hatte). 1926 übernahm Joseph T. Shaw die Herausgeberstelle. Seine Arbeit wurde richtungweisend.

2. Frank MacShane: [Das Programm für ein Groschenheft]

(1976)

[. . .] Shaw [. . .] wußte genug über Detektiverzählungen, um zu erkennen, daß er den »Kreuzworträtsel«-Typ satt hatte, dem »menschliche Gefühlswerte« fehlten. Als er frühere Nummern der Zeitschrift durchsah, griff er sich Dashiell Hammett heraus als jemanden, dessen Ge-

(3) ›Blackmailers Don't Shoot‹ (Erpresser schießen nicht).
(4) Das englische Wort »hard-boiled« war das Standard-Attribut für die Erzählungen und deren Personal.

schichten Originalität und Authentizität besaßen. In einem Briefwechsel mit Hammett entwickelte er eine Vorstellung davon, was er von seiner Zeitschrift verlangte: »Wir wollten Einfachheit um der Klarheit, der Überzeugungskraft und der Glaubwürdigkeit willen. Wir wollten Handlung, aber wir waren der Meinung, daß Handlung bedeutungslos ist, wenn sie nicht den erkennbaren Charakter eines Menschen plastisch-dreidimensional mit einschließt.«[5] Die Detektiverzählung war nach bestimmten Regeln gemacht, aber Shaw und Hammett wollten eine Struktur, die »gegenüber der Auflösung eines Kriminalfalls den Charakter und die dem menschlichen Verhalten innewohnenden Probleme betont«. Shaws künstlerische Grundsätze ergaben sich aus seiner Moralauffassung. Als er aus Europa zurückkehrte, war er von der Verbrechenswelle schockiert, von der die Vereinigten Staaten während der Zeit der Prohibition[6] überschwemmt wurden, und von dem Gangsterwesen, das die Namen von Al Capone, John Dillinger und Dutch Schultz überall in die Schlagzeilen der Zeitungen brachte. Er glaubte, daß die Protektionsbanden[7] und die für die Harding-Regierung[8] typischen politischen Skandale zu einer größeren Gefahr für das Land wurden als die herkömmlichen Verbrechen aus Leidenschaft oder Rache. Shaw wies darauf hin, daß »sich das organisierte Verbrechen mit der Politik verbündet hat als ein notwendiger Teil seines Geschäfts«, und er kam zu der Überzeugung, daß es seine Pflicht sei, die Verbindungen zu enthüllen, die zwischen Verbrechern und den gewählten Repräsentanten des Landes, den Richtern und der Polizei bestanden. Im Jahr 1931 sagte er: »Wir ha-

(5)* Die Shaw-Zitate entsprechend ihrer Reihenfolge: Joseph Shaw (Hrsg.): The Hard-Boiled Omnibus (1952), S. VI und S. VIII. Ders.: Greed, Crime, and Politics. Black Mask, März 1931, S. 9 und S. 9.

(6)* In den USA bestand von 1919 bis 1933 ein allgemeines Alkoholverbot.

(7)* Das Wort »protection racket« läßt sich eher umschreiben als übersetzen: es steht für verbrecherische Kreise, die gegen Bezahlung Geschäftsleuten ihren Schutz anboten – oder sie erpreßten.

(8)* Warren G. Harding, Präsident der USA von 1921 bis 1923.

ben das Gefühl, daß wir der Öffentlichkeit einen Dienst erweisen, wenn wir die realistischen, lebensechten, äußerst erhellenden Erzählungen über moderne Verbrechen von Schriftstellern wie Hammett, Whitfield und Nebel veröffentlichen.« [. . .]

Frank MacShane: The Life of Raymond Chandler. Zuerst E. P. Dutton & Co., Inc., 1976. Penguin Books Ltd. Harmondsworth 1978, S. 45 f. Ausschnitt. Übersetzt vom Herausgeber. Ausschnitt.

3. Julian Symons: [Analysieren und Nachahmen]

(1977)

[. . . Chandler] hatte erst drei oder vier Detektiverzählungen gelesen, als er daranging, auf diesem Gebiet seinen Lebensunterhalt zu verdienen, und er erlernte die Technik der Kriminalerzählung wie ein junger Maler, der im Louvre die Meister kopiert. Er las alles, was er finden konnte, insbesondere Hammett, aber auch Gardner und andere Pulp-Autoren. Von einer Geschichte Gardners machte er sich eine Inhaltsübersicht mit allen Einzelheiten, schrieb sie neu, verglich das Ergebnis mit dem Original, schrieb sie noch einmal und warf sie dann anscheinend weg. Was er machte, nahm er ernst, denn sonst hätte er nicht rechtfertigen können, es zu machen. Er schrieb für ›Black Mask‹ und ›Dime Detective Magazine‹, und er wußte, daß es Lohnarbeit war, was er machte, aber er ließ dieser Lohnarbeit die Sorgfalt zukommen, die er den für englische Zeitschriften vor langer Zeit geschriebenen literarischen Arbeiten gewidmet hatte. [. . .]

Julian Symons: An Aesthete Discovers The Pulps. In: Miriam Gross (Hrsg.): The World of Raymond Chandler. Introduction by Patricia Highsmith. Weidenfeld und Nicolson, London 1977, S. 22. Ausschnitt. Übersetzt vom Herausgeber.

II. Sprache und Arbeitsweise

1. Frank MacShane: [Zwei Aspekte der Sprache]

(1976)

[. . .] Chandlers Stil – zumindest in seinen frühen Erzählungen – scheint in zwei Teile auseinanderzubrechen. Im Dialog ahmt er sorgfältig amerikanische Redemuster nach. Die Sätze sind formlos, gehen ineinander über, und die Wortstellung ist oft verdreht. Offensichtlich hatte er großen Spaß damit, und die Sätze haben oft eine komische Wirkung. Auch am Reichtum der amerikanischen Sprache freute er sich und ergänzte sie durch zahlreiche eigene Wendungen. [. . .]

In allen anderen Teilen der Prosa, in beschreibenden und erzählenden Passagen, ist Chandlers Methode ganz anders. Dort benützt er nicht amerikanische Sprachstrukturen, wie es Sherwood Anderson, Ernest Hemingway und William Faulkner taten, sondern er schreibt anspruchsvolles britisches Englisch, die Sprache, deren Gebrauch man ihn in Dulwich gelehrt hatte und die auf dem Verständnis des lateinischen Satzbaus beruht. Chandlers Diktion ist hochsprachlich, und Satzgefüge sind für ihn nichts Besonderes. Sein einziger Manierismus ist der zu reichliche Gebrauch des Wortes »und«, was er vielleicht von Hemingway übernommen hat, obwohl in jeder anderen Hinsicht sein Stil sich gänzlich von dem Hemingways unterscheidet. Chandlers besonderer Reiz liegt darin, daß er, während er den Satzbau des anspruchsvollen Englisch benutzt, einen vorwiegend amerikanischen Wortschatz verwendet. Seine Prosa ist nie langweilig, weil er sich mit Satzbögen und dem Satztempo auskennt. Sie ist nie trocken, weil die Sprache so frisch ist. Dieser Stil ist ein Ergebnis seiner persönlichen Geschichte. [. . .]

Frank MacShane: The Life of Raymond Chandler, s. o. I. 2, S. 58. Ausschnitte.

2. Raymond Chandler: [Verwendung von Slang]

(1949)

[. . .] Ich mußte Amerikanisch genau wie eine fremde Sprache lernen. Um es zu lernen, mußte ich es studieren und analysieren. Daraus folgt, wenn ich Slang benutze, umgangssprachliche Ausdrücke oder Redewendungen, Ganovenjargon oder jede andere Art vulgärer Sprache, dann tue ich es bewußt. Die literarische Verwendung des Slangs ist ein Studium für sich. Ich habe festgestellt, es gibt nur zwei Arten, die überhaupt brauchbar sind: Slang, der sich in der Sprache durchgesetzt hat, und Slang, den man selbst erfindet. Bei allem anderen besteht die Gefahr, daß es passé ist, bevor es gedruckt wird. [. . .]

Chandler am 18. März 1949 an Alexis Barris. In: Chandler über Chandler (s. Anmerkung 1), S. 66. Ausschnitt.

3. Raymond Chandler: [Das Warten auf Inspiration]

(1945)

[. . .] Wie ich arbeite? Keine regelmäßigen Arbeitsstunden. Kann sie nicht einhalten. Fange morgens an und mache so lange, wie ich kann. Ich arbeite sehr schnell, aber ich arbeite für den Papierkorb. Ich redigiere nie etwas Satz für Satz und Zeile für Zeile. Statt dessen schreibe ich ganze Partien neu, die mir nicht gefallen. Bei Romanen schreibe ich mit der Maschine, aber im Studio diktiere ich. Ich habe 5000 Wörter hintereinander geschrieben, und ich schreibe immer eine letzte Fassung. Je schneller ich schreibe, desto besser ist meine Leistung. Wenn ich langsam mache, komme ich in Schwierigkeiten. Es bedeutet, daß ich die Worte vor mir herschiebe, statt von ihnen mitgerissen zu werden. Ich bin einer der Schriftsteller, die nie sagen: Ich habe einen großartigen Einfall für eine Geschichte. Ich habe keine Einfälle. Manchmal finde ich eine Situation und entwickle sie mechanisch weiter. Ich bin schwach im Erfinden einer Handlung und schlecht in der Konstruktion. Ich schreibe niemals Handlungen nieder, sondern arbeite sie im Kopf aus, aber niemals vollständig, sondern vor den Wörtern, die ich gerade niederschreibe. Am besten bin ich, wenn ich meinen Ausgang kenne, versuche es auch immer, kenne aber selten die dazwischenliegenden Schritte. [. . .]

(1949)

. . . Was ich von Tag zu Tag so mit mir anfange? Ich schreibe, wenn ich kann, und ich schreibe nicht, wenn ich nicht kann; immer am Morgen oder früh am Tag. Man hat abends sehr verwegene Einfälle, aber sie halten nicht stand. Das habe ich schon lange herausgefunden. Es sollte Ihnen ziemlich offenkundig sein, daß ich für mich selbst tippe. Als wir hier herunterzogen, schaffte ich mir ein Diktaphon an und diktierte Filmtexte hinein, aber ich verwende es nie für Romane. Fast alle Schriftsteller, die diktieren, leiden an Logorrhöe[9]. Wenn man seine Kraft aufwenden muß, all diese Wörter niederzuschreiben, ist man eher geneigt, dafür zu sorgen, daß sie zählen.

Ich sehe immer kleine Artikel von Schriftstellern darüber, daß sie nie auf Inspiration warten; sie setzen sich einfach jeden Morgen um acht an ihren kleinen Schreibtisch, ob's regnet oder die Sonne scheint, ob sie einen Kater haben, einen gebrochenen Arm oder sonst was, und klappern ihr kleines Pensum herunter. Wie leer ihr Kopf oder trüb ihr Witz, sie dulden keinen Unsinn wie Inspiration. Ich entbiete ihnen meine Bewunderung und gehe ihren Büchern sorgfältig aus dem Weg.

Ich dagegen, ich warte auf die Inspiration, wenn ich sie auch nicht unbedingt bei diesem Namen nenne. Ich glaube, daß alles Schreiben, das überhaupt Leben in

(9)* Wortspiel mit gr. Logos und Diarrhöe: Wortdurchfall.

sich hat, mit dem Solarplexus[10] getan wird. Es ist in dem Sinne harte Arbeit, als es einen müde und sogar erschöpft zurückläßt. Im Sinne einer bewußten Anstrengung ist es überhaupt keine Arbeit. Das Wichtige ist, daß ein bestimmter Zeitraum dasein sollte, sagen wir: mindestens vier Stunden täglich, in denen ein Berufsschriftsteller nichts anderes tut als schreiben. Er muß nicht schreiben, und wenn ihm nicht danach ist, sollte er es nicht erst versuchen. Er kann aus dem Fenster gucken oder auf dem Kopf stehen oder sich auf dem Boden schlängeln, aber er darf nichts anderes Positives tun, Briefe schreiben, Zeitschriften ansehen oder Schecks ausstellen. Entweder schreiben oder nichts. Es ist das gleiche Prinzip wie in der Schule Ordnung wahren. Wenn man verlangt, daß die Schüler sich anständig betragen, werden sie etwas lernen, einfach um sich nicht zu langweilen. Ich finde, es funktioniert. Zwei ganz einfache Regeln. A: Du mußt nicht schreiben. B: Du darfst nichts anderes tun. Das übrige ergibt sich von selbst. [. . .]

Ausschnitt 1945: Aus einem Interview mit Irving Wallace in Los Angeles am 24. August 1945. Ausschnitt 1949 aus einem Brief an Alexis Barris vom 18. März 1949. In: Chandler über Chandler (s. Anmerkung 1), S. 155 und 65/66. Ausschnitte.

(10)* Plexus solaris, das Sonnengeflecht. Nervenknoten hinter dem Zwerchfell, durch den die Nervenstränge der meisten Bauch- und Beckenorgane laufen. Wesentlicher Teil des vegetativen Nervensystems.

III. Grenzen des Realismus

1. Raymond Chandler: [Ausdruck ohne literarische Pose]

(1945)

[...] Alles, was ich wollte, als ich zu schreiben anfing, war mit einer faszinierenden neuen Sprache spielen, um zu sehen, was sie als Ausdrucksmittel zu leisten vermag, das vielleicht auf der Ebene ungeistigen Denkens bleibt, aber dennoch die Kraft gewinnt, Dinge auszudrücken, die im allgemeinen mit einer literarischen Pose ausgesprochen werden. Es war mir wirklich gleichgültig, was für Geschichten ich schrieb; ich schrieb Melodramen, weil das, als ich mich umsah, die einzige Art des Schreibens war, die verhältnismäßig ehrlich war. [...]

Chandler am 7. Januar 1945 an Dale Warren. In: Chandler über Chandler (s. Anmerkung 1), S. 154. Ausschnitt.

Das Melodrama ist ursprünglich (und in der frühen Oper) eine dramatische Rezitation mit Musikbegleitung. Gegen Ende des 18. Jahrhunderts entstand in Frankreich und England die theatralische Mischform des Melodrams. Sensationelle Handlungselemente, extreme Stimmungswechsel und von Begleitorchestern unterstützter Gefühlsausdruck sprachen ein breites Publikum an.

»Davon ausgehend wird jede theatralische und später filmische Form als melodramatisch bezeichnet, deren Leitmotiv große, ›bedeutsame‹ Gefühle und Leidenschaften darstellen. Während jedoch im klassischen Melodram des Theaters am Ende unabdingbar der Sieg des Guten über das Böse steht, ist im filmischen Melodram eine pessimistische Grundhaltung festzustellen, die oft genug das Scheitern der Protagonisten in ihren Bemühungen, eine Liebesbeziehung gegen die gesellschaftlichen Normen zu verwirklichen, vorführt. Das Melodram handelt von ›Durchschnittsmenschen‹, von normalen Leuten, aber es schildert ihr Schicksal in Dimensionen, die in ihrer Modellhaftigkeit und ihrer ›Überlebensgröße‹ (so hat es Orson Welles einmal genannt) der großen Tragödie gleichen. Aus diesem

Widerspruch entsteht die Künstlichkeit, die das Melodram auszeichnet; [. . .]
[. . .] es geht um das Schicksal, das aus dem Leben nicht etwas zu Gestaltendes, sondern etwas zu Erleidendes macht. Das Melodram ist dem Wesen nach fatalistisch, seine Helden sind statisch und in einem Sinne unbelehrbar. Doch eben in dieser unbedingten Treue zu sich selbst, in der Erfahrung der Liebe als Schicksal, liegt der Reiz; die ›Ganzheit‹ des Menschen, sein ungebrochenes Verhältnis zu seinen Leidenschaften macht ihn zum archaischen Helden. [. . .]
Der wohl bedeutendste Regisseur filmischer Melodramen ist Douglas Sirk, der in seinen Filmen besonders deutlich immer wieder Bezug nimmt auf das Thema vom Scheitern eines Menschen, der Unerreichbares erreichen will.«

Georg Seeßlen und Bernt Kling: Unterhaltung. Lexikon zur populären Kultur, Bd. 2, Rowohlt Taschenbuch Verlag GmbH, Reinbek bei Hamburg 1977, S. 128–130. Ausschnitte.

2. Raymond Chandler: [Realismus und Melodramatik]

(1949)

[. . .] Das Material des Kriminalromanautors ist melodramatisch, das heißt Übertreibung der Gewalttätigkeiten und der Angst über das hinaus, was man normalerweise im Leben erfährt. (Ich sage: normalerweise; kein Schriftsteller kam jemals dem Leben in den Konzentrationslagern der Nazis nahe.) Die Mittel, deren er sich bedient, sind realistisch in dem Sinn, daß solche Dinge Leuten wie diesen und an Orten wie diesen widerfahren; aber dieser Realismus ist oberflächlich; das Gefühlspotential wird überspannt; die Zusammendrängung der Zeit und der Ereignisse tut der Wahrscheinlichkeit Gewalt an, und obwohl Dinge dieser Art geschehen, geschehen sie nicht so schnell und nicht in einem so eng gezogenen logischen Rahmen einer so engverknüpften Gruppe von Leuten. [. . .]

Chandler am 11. März 1949 an Bernice Baumgarten. In: Chandler über Chandler (s. Anmerkung 1), S. 44. Ausschnitt.

3. Raymond Chandler: [Gelegentliche Notizen über den Kriminalroman]

(1949)

[. . .] Der Kriminalroman muß hinsichtlich der Figuren, der Umgebung und der Atmosphäre realistisch sein. Er muß wirkliche Menschen in einer wirklichen Welt schildern. Selbstverständlich enthält der Kriminalroman ein Element des Phantastischen. Er setzt sich über das Wahrscheinliche hinweg, indem er Zeit und Raum zusammendrängt. Je wirklichkeitsfremder also die Voraussetzungen sind, desto genauer und buchstäblicher muß er folglich in seinem Ablauf sein. Sehr wenige Autoren von Kriminalromanen haben Talent für die Darstellung von Charakteren, das bedeutet jedoch nicht, daß es überflüssig wäre. Jene, die behaupten, das Problem übertreffe alles andere an Bedeutung, versuchen lediglich ihre eigene Unfähigkeit zu verdecken, Charaktere und Atmosphäre zu schaffen. Charaktere können auf verschiedene Weise geschaffen werden: durch die subjektive Methode, in die Gedanken und Empfindungen der Figuren einzudringen; durch die objektive oder dramatische Methode, wie sie auf der Bühne angewendet wird, das heißt durch Auftreten, Verhalten, Sprache und Handlungen der Figur; und durch die Fallmethode, die heute als dokumentarischer Stil bekanntgeworden ist. Das letztere gilt besonders für den Kriminalroman, der so sachlich und empfindungslos wie ein amtlicher Bericht zu sein versucht. Doch durch welche Methode auch, die Charaktere müssen geschaffen werden, wenn irgend etwas Besonderes geschaffen werden soll. [. . .]

In: Chandler über Chandler (s. Anmerkung 1), S. 52. Ausschnitt.

4. Raymond Chandler: [Funktion von Dialog und Beschreibung]

(1948)

[. . .] Ich bin nur einer, der Groschenheftgeschichten zu Büchern ausgewalzt hat. Wie sollte ich mir das Geringste aus der Detektivgeschichte als literarischer Form machen? Ich suche nur nach einem Vorwand für gewisse Experimente mit dramatischen Dialogen.

Hier sitze ich mit einer Marlowe-Geschichte[11] halbwegs fertig und habe daran ein bißchen Spaß (bis ich steckenbleibe), und da kommt dieser Auden[12] und sagt mir, ich interessiere mich dafür, ernsthafte Studien über ein kriminelles Milieu zu schreiben. Jetzt sehe ich mir alles an, was ich zu Papier bringe, und sage mir selbst: Vergiß nicht, alter Junge, das muß eine ernsthafte Studie über ein kriminelles Milieu werden. Bist du auch ernsthaft? Nein. Ist es ein kriminelles Milieu? Nein, nur durchschnittlich korrumpiertes Leben, wobei die melodramatische Seite überbetont ist, nicht weil ich auf das Melodramatische um seiner selbst willen verrückt bin, sondern weil ich realistisch genug bin, die Spielregeln zu kennen.

Vor langer Zeit, als ich für die Groschenzeitschriften arbeitete, schrieb ich in einer Geschichte einen Satz wie: Er stieg aus dem Wagen und ging über den sonneübergossenen Gehsteig, bis der Schatten des Vordachs über dem Eingang sein Gesicht wie ein angenehmer Guß von kühlem Wasser überflutete. Diesen Satz strichen sie, als sie die Geschichte veröffentlichten. Die Leser schätzten Dinge dieser Art nicht – es hielte nur die Handlung auf. Ich habe mich darangemacht zu beweisen, daß sie sich irrten. Meine Theorie war, daß die Leser nur meinten, sie interessierten sich für nichts als die Handlung; daß,

(11)* Der Roman ›The Little Sister‹.
(12)* Der englische Dichter W. H. Auden bedachte Chandler 1948 in einem Aufsatz über den Detektivroman (›The Guilty Vicarage‹) mit dem Lob, seine als ernsthafte und erschütternde Milieustudien angelegten Bücher seien Kunstwerke.

obwohl sie es nicht wußten, in Wirklichkeit das, was sie und auch mich interessierte, die Schaffung von Gefühlen durch Dialog und Beschreibung war. Die Dinge, an die sie sich erinnerten, die sie nicht losließen, war zum Beispiel nicht, daß ein Mann getötet wurde, sondern daß er im Augenblick seines Todes von der polierten Platte des Schreibtischs eine Papierklammer aufzunehmen versuchte, doch sie entglitt ihm ständig, so daß auf sein Gesicht ein angestrengter Ausdruck trat und sein Mund mit einer Art gequältem Grinsen halb offenstand. Und das letzte in der Welt, woran er dachte, war der Tod. Er hörte den Tod nicht einmal an die Tür klopfen. Die verdammte kleine Papierklammer entglitt ständig seinen Fingern.

Chandler am 7. Mai 1948 an Frederick Lewis Allen. In: Chandler über Chandler (s. Anmerkung 1), S. 157f. Ausschnitt.

5. Ulrich Schulz-Buschhaus: [Entwerteter Realismus]

(1978)

[. . .] Tatsächlich schildert Chandler über weite Strecken tendenziell realistisch und nicht ohne sozialkritische Aspekte eine Gesellschaft des entfesselten Kapitalismus, welche sich in Sprache, Kommunikation, Geschäft und Politik von den Traditionen europäisch-bürgerlicher Moral, wie sie selbstverständlich noch die Romane Agatha Christies prägten, rückhaltlos emanzipiert hat. Sie wird stilisiert zu einem System von »gangs« und »rackets«, das selbst Polizei und Justiz durchdringt und in dem ein Verbrechen eher als Regel denn als Ausnahme erscheint. Da indessen auch Chandler bei aller Kritik am alten Detektivroman[13] die Konvention des »sur-

(13)* Seine bekanntesten theoretischen Aussagen über den Kriminalroman enthält der 1944 erschienene Aufsatz ›The Simple Art of Murder‹. Darin erteilt er klassischen englischen Kriminalromanen polemische Verrisse und entwickelt die Lebensphilosophie seines Detektivs Philip Marlowe im Sinne des ›Black Mask‹-Programms. (Vergleiche I. 2.)

prise ending« aufrechterhält, ist er gezwungen, eben das, was er in der Vordergrundshandlung seiner Erzählung wahrscheinlich gemacht hat, durch die unwahrscheinliche Wahrheit einer Hintergrundshandlung zu dementieren. So bleibt das historisch spezifische Verbrechen, das von der Verbrechensindustrie des Gangstertums produziert wird, auf den letzten Endes entwerteten Bereich der Vordergrundshandlung eingeschränkt, während die Hintergrundshandlung ihre primäre Relevanz – der Pointe wegen – dem historisch unspezifischen Verbrechen aus Liebe oder Eifersucht zugesteht. Wie diese Verdrängung des Zeittypischen durch das Allgemeinmenschliche im einzelnen vor sich geht, läßt sich an den Beispielen der Romane ›The Big Sleep‹, ›Farewell, my Lovely‹, ›The Lady in the Lake‹ oder ›The Little Sister‹ studieren. [. . .]

Ulrich Schulz-Buschhaus: Leonardo Sciascia oder die Beunruhigung des Kriminallesers. In: Zur Aktualität des Kriminalromans, hrsg. von Erhard Schütz. Wilhelm Fink Verlag, München 1978, S. 144.

Der Autor hat schon in einer 1975 erschienenen Studie (vergleiche unten Text IV. 3.) den Widerspruch zwischen gesellschaftskritischem Vordergrund und der Überraschungserklärung aus neutralem, allgemeinmenschlichem Hintergrund untersucht. In ›The Big Sleep‹ wird nicht der erfolgreiche Gangster Eddie Mars, sondern die degenerierte Carmen Sternwood überführt – und entsprechend trifft die Beobachtung auf ›Die Zielscheibe‹ zu: Statt Carmen tritt dort Dade Winslow Trevillyan aus dem Hintergrund. ›Farewell, my Lovely‹ bietet Mrs. Grayles private Mordmotive neben aller Korruption an, und als dreifache Femme fatale erweist sich Mildred Haviland in ›The Lady in the Lake‹. In ›The Little Sister‹ hat Miss Gonzales am Ende auch aus Liebe gemordet.

6. Dieter Wellershoff: Vorübergehende Entwirklichung

(1973)

[...] wenn man auch zugeben muß, daß Chandler das Amerika der zwanziger und dreißiger Jahre treffend schilderte und daß es auch heute noch Gangstersyndikate gibt, die ganze Gesellschaftsbereiche kontrollieren, auch dann darf man annehmen, daß die meisten seiner Leser in ruhigeren, gefahrloseren Verhältnissen lebten oder leben als die Gestalten seiner Fiktionen. Der Realismus der Darstellung hat eben auch die Funktion, durch Echtheit der Atmosphäre die unwahrscheinliche Ereignisdichte der Romane glaubhaft zu machen. Und um sie vor allem geht es dem Leser. Er will nicht primär die sozialen Realitäten der Unterwelt erkennen, sondern unter dem Anschein von Realitätsnähe von unerhörten Ereignissen stimuliert werden. Er liest, um in aufregenden Phantasieszenarien sein von Lähmung bedrohtes Lebensgefühl aufzufrischen. Weil er in einer ereignisarmen Alltäglichkeit lebt, braucht er dringend wenigstens eine fiktive Verschärfung seiner Umwelt.
Der traditionelle Detektivroman leistete das, indem er durch ein unaufgeklärtes Verbrechen einen mehrdeutigen Geheimniszustand schuf, der alles auffällig, alles verdächtig machte. Der Aktionsroman, der sich bei Hammett und Chandler aus dem alten problemorientierten Detektivroman entwickelte, erzeugt die erregende Feindtönung viel direkter, indem er Feinde und Gefahren häuft. Beide Romantypen bieten dem Leser stimulierende Unsicherheit im Rahmen übergreifender Sicherheitsgarantien. Die traditionelle Detektivgeschichte mußte den Nachweis führen, daß es in der Welt keine Gespenster gibt, sondern lückenlos rational zugeht. Der Aktionsroman muß beweisen, daß das Gute am Ende immer wieder über das Böse siegt. [...]

Dieter Wellershoff: Vorübergehende Entwirklichung. Zur Theorie des Kriminalromans. In: Literatur und Lustprinzip. Essays. Kiepenheuer & Witsch, Köln 1973, S. 108f. Ausschnitt.

IV. ››Toughness‹‹ – die Tugend des Helden

1. Erle Stanley Gardner: [Wie man in ›Black Mask‹ zusammengeschlagen wird]

(1946)

[. . .] Der Held wird normalerweise von den großen bösen Schurken gefangen, mit einem Schuß Morphium betäubt, erwacht in einem abgelegenen Haus, und ein riesiger Schlägertyp, der fachgerecht Kaugummi kaut, sitzt im Zimmer. Der Held stellt Fragen, macht spitze Bemerkungen, und ab und zu steht der Schläger in aller Ruhe auf, geht zum Bett hinüber und drischt auf den Helden ein. Danach kommen drei oder vier andere Schurken herein und lassen ihre Kräfte an ihm aus. Der Held wird drei- oder viermal bewußtlos geschlagen, aber schließlich schafft er es, sich ins Freie durchzuboxen. Danach bemerkt man als einzige Folge der Schlägereien das erhöhte Tempo, mit dem er umherjagt, willige Frauen liebt und Schurken tötet.

Vor kurzem diskutierte ich über die hartgesottene Erzählung mit einem Mann, der offensichtlich viel herumgekommen war. Er sagte mir, er könne die Sachen einfach nicht lesen. Ich fragte ihn, warum. Er schaute mich mit einem traurigen Gesichtsausdruck an. »Sind Sie«, fragte er, »jemals zusammengeschlagen worden? – Ich meine wirklich und wahrhaftig zusammengeschlagen?« [. . .] Drei Gangster hatten ihn wirklich bearbeitet. Er war eine ziemlich zähe Person, aber erst nach drei Monaten kam er wieder auf die Beine. Jedesmal, wenn er von einem zusammengeschlagenen Helden las, der eine heiße Nummer auflegte, grauste es ihn, und er warf das Buch auf die Seite. [. . .]

Erle Stanley Gardner: The Case of the Early Beginning. In: The Art of the Mystery Story, hrsg. von Howard Haycraft. Simon & Schuster, New York 1946, S. 206. Ausschnitte. Übersetzt vom Herausgeber.

2. Michael Gilbert: [Ein Tischgespräch über Gewaltdarstellung]

(1977)

[. . .] Das Gespräch[14] kam auf Gewalt in Büchern. Ich hatte schon lange die Auffassung vertreten, daß es – trotz des Zisch-Zack-Wumm-Stils der Comic-strip-Erzählungen – tatsächlich schwieriger sei, Gewalt überzeugend darzustellen, als eine ernste und gemächliche Szene zu schreiben. Ray stimmte dem zu. »Der durchschnittliche Romanleser«, sagte er, »hält selten an oder blättert zurück, um einen besonderen Augenblick auszukosten. Seine Augen wandern sehr schnell über die Seite, und wenn die Handlung hektisch wird, wandern sie noch schneller. Um einen Kampf überzeugend darzustellen, muß man sich genau entscheiden, wo die Kämpfenden stehen, welche Haltung sie einnehmen und was sie einander antun wollen; und dann muß man es dem Leser servieren, mit Substantiven und Verben, mit möglichst wenig Adjektiven und Adverbien.« Indem er zwei Brötchen, eine Pfeffermühle und ein Senfglas benützte, führte Ray genau vor, wie er einen Kampf zwischen einer guten Figur und drei Bösewichtern gestalten würde. »Natürlich immer vorausgesetzt, man möchte den Guten gewinnen lassen. Falls nicht, ist es viel einfacher, dann macht man es so, daß er zu Boden geschlagen und in den Bauch getreten wird. Aber nicht zu oft. Gewalt kann sehr langweilig werden.« Ich sagte, daß zwei seiner erklärten Lieblingsautoren, Dashiell Hammett und Ian Fleming[15], ziemlich freizügig mit der Zurschaustellung von Gewalt seien. Ray sagte, sie seien völlig verschieden. »Hammett gehörte selbst zur Polente. Er wußte genau, wann Gewalt vorkommen mußte, und fügte sie entsprechend ein. Fleming ist anders. Er garniert seine Bücher mit Gewalt, wie man et-

(14)* Der englische Rechtsanwalt und Kriminalautor Gilbert führte das Gespräch mit Chandler bei dessen letztem Londonaufenthalt 1958.
(15)* Ian Fleming (1908 – 1964) ist der Verfasser der James-Bond-Romane, die ab 1953 (›Casino Royale‹) erschienen.

wa den Salat mit einer Würzsauce anmacht – es ist eine absichtliche Zutat. Sadistisch, aber interessant. Vielleicht weil er in Eton[16] war.« [. . .]

In: The World of Raymond Chandler, hrsg. von Miriam Gross. Weidenfeld und Nicolson, London 1977, S. 113. Ausschnitt. Übersetzt vom Herausgeber.

3. Ulrich Schulz-Buschhaus: [Ellbogen und Beleidigungen]

(1975)

[. . .] in den Chandlerschen Romanen [. . .] muß sich Philip Marlowe, der von seinen Auftraggebern im allgemeinen nur unvollständige Informationen erhält, immer erst allmählich zur Erkenntnis seiner wahren Aufgabe vortasten, und bereits während dieser Erkundungen, die sich zumeist noch im Bereich der ›normalen‹ bürgerlichen Gesellschaft abspielen, wird er regelmäßig in Gewalttätigkeiten brachialer oder wenigstens verbaler Art verwickelt. So verlagert sich die Gewalttätigkeit bei Chandler aus den Gangsterschlachten, die bei Hammett noch die heroische Phase des Gangstertums während der zwanziger Jahre widerspiegeln, in den weit weniger heroischen Berufsalltag, der die Existenz eines alleinstehenden Privatdetektivs während der vierziger und fünfziger Jahre ausmacht. Dieser Privatdetektiv [. . .] trifft an den Schlüsselstellen seiner Investigationen auf Gangster, welche sich etabliert haben und ihre Macht nun kühl und distanziert verwalten. Wie die Gangster als etablierte Bürger erscheinen, so erscheint auch die Gewalttätigkeit, die Chandlers Kalifornien

(16)* Eton College ist eine der traditionsreichsten englischen Privatschulen für die Oberschicht. In England gibt es ungefähr 200 solcher »Public Schools«, deren älteste Gründungen bis ins späte Mittelalter reichen. Sie sind meist als Internate geführt, haben einen hohen erzieherischen Standard (Aneignung von Führungsqualitäten) und werden wegen des hohen Schulgeldes der Exklusivität bezichtigt. Chandler besuchte eine Public School, die erst im 19. Jahrhundert Bedeutung gewann: Dulwich College. Vergleiche hierzu Text IV. 4.

charakterisiert, als eine gewissermaßen etablierte Gewalttätigkeit. Diffuser und sublimierter als die rohe Gewalt, welche in Hammetts apokalyptischen Städten tobte, ergreift sie als konstante Aggressivität praktisch jede Szene und durchtränkt alle menschlichen Beziehungen: Ereignete sich bei Hammett die Detektion im Rahmen eines umfassenden Duells, so ist sie bei Chandler selbst zu einer ununterbrochenen Folge von Duellen geworden.

Die Waffe, mit der diese Duelle ausgefochten werden, ist dabei in der Regel weniger die Faust oder der Revolver als die Sprache. Wenn man nach dem distinktiven Moment sucht, das den Chandlerschen Romanen auch in der Entwicklung des amerikanischen Kriminalromans einen Novum-Charakter gibt, findet man es vor allem in der radikalisierten verbalen Aggressivität, die über die Dialoge hinaus die gesamte Erzählatmosphäre bestimmt. Es ist eine Atmosphäre, in der zu leben bedeutet, einen »long grim fight« zu kämpfen, und in der schon die Spiele der Kinder »with the usual amount of elbowing and mutual insult« ausgetragen werden. Dieser Eindruck von »elbowing and mutual insult«[17] bleibt für die Erinnerung des Lesers der vorherrschende, da er alle Schritte und Handlungen des Detektivs begleitet, um die Hauptlinie der Erzählung als eine Serie von Rededuellen zu konstituieren. Der Terminus technicus, der diese Rededuelle bezeichnet, lautet »wise-cracking« oder »talking smart«, gemeint ist damit eine Redeweise, die defensiv der Selbstbehauptung, offensiv der Einschüchterung dient und die jeden Dialog in eine Art von boxerischem Schlagabtausch verwandelt.

Dabei kommt im Zusammenhang mit der Fähigkeit zum unerschrockenen »wise-cracking« dem Underdog-Status[18] des Detektivs eine besondere Bedeutung zu. Er

(17)* Beide Zitate aus ›The Lady in the Lake‹.

(18)* Der Autor hat in seinem Aufsatz bereits gezeigt, welche Wandlung die Detektivfigur im sozialen Status erfuhr: vom aristokratischen Snob (man denke an Dorothy Sayers Lord Peter) zum Kleinunternehmer, der sich mit bescheidenen Tagessätzen um seinen Lebensunterhalt bemühen muß.

verleitet den Leser zur Identifikation und läßt ihn lustvoll miterleben, wie ein Kleinstunternehmer zumindest im Rededuell die Großunternehmer auszuknocken versteht, wie er sich – zunächst mißachtet – Respekt verschafft, wie er Angst einflößt und schließlich als Herr über Leben, Sicherheit und guten Ruf überraschende Erfolge erringt. [. . .]

Ulrich Schulz-Buschhaus: Formen und Ideologien des Kriminalromans. Ein gattungsgeschichtlicher Essay. Athenaion, Frankfurt a. M. 1975, S. 135–137. Ausschnitte.

4. Frank MacShane: [Männlichkeit und Selbstlosigkeit]

(1976)

[. . .] Chandler achtete sehr die Ausbildung, die er in Dulwich erhalten hatte, besonders seine Schulung in den humanistischen Fächern. Wie auf andere Schüler wirkte auch auf ihn die örtliche Atmosphäre. Gilkes, der Direktor, dessen Einfluß ungewöhnlich beherrschend war, glaubte, daß die Literatur eine Quelle moralischer Unterweisung sei. [. . .] Für Gilkes und Generationen von Public-School-Lehrern waren die Unterrichtsfächer Teil einer moralischen Ordnung, die den Grundgedanken nach christlich war, mit einer Ergänzung durch griechische und römische Tugenden, besonders Dienst für die Allgemeinheit, Ehre und Selbstaufopferung. Die Bibel und die antike Literatur veranschaulichten diese Tugenden, und der Gentleman der Public School war jemand, der nach Gesetzen lebte, die ihnen Gestalt gaben. Männlichkeit bedeutete Selbstlosigkeit: Wie Gilkes es ausdrückte, ist ein Mann von Ehre jemand, der »fähig ist, das, was gut ist, zu verstehen; fähig ist, den minderwertigen Teil seines Wesens dem höheren Teil unterzuordnen«. Dieser Kodex, der Generationen von Familien der Mittel- und Oberschicht, die in England Public Schools besucht haben, vertraut ist, machte sicher einen tiefen Eindruck auf Chandler. Er half, seinen Charakter zu formen, und nach Amerika verpflanzt, hilft er, das Verhalten von Philip Marlowe, Chandlers Romanheld, zu erklären. [. . .]

Frank MacShane: The Life of Raymond Chandler, s. o. I 2, S. 9. Ausschnitte. Übersetzt vom Herausgeber. Zitate aus: W. R. M. Leane u. a.: Gilkes and Dulwich, o. J., S. XIX, sowie: A. H. Gilkes: A Day at Dulwich, 1905, S. 58 u. S. XXV.

5. Paul Buchloh/Jens Becker: Der Detektiv als Wiederhersteller von Recht und Ordnung

(1973)

In Amerika ist der Typ des Polizeioffiziers als Wiederhersteller von Recht und Ordnung kaum zu finden (wenn auch mehrfach Polizeibeamte und District Attorneys im amerikanischen Detektivroman eine Rolle spielen, so fehlt doch das Pendant zu dem ausgeprägten Typ des Scotland-Yard-Offiziers). Im Bewußtsein um die Korruption der Institutionen übernimmt am Ende der 20er Jahre ein professioneller Privatdetektiv (»Private Eye«) die Aufgabe der Verteidigung einer gesellschaftlichen und moralischen Ordnung. Dieser Typ geht auf die Idealkonzeption zurück, die die Pinkertons mit ihrer Agentur propagiert hatten. Das bekannteste Beispiel ist Chandlers Philip Marlowe, der in einer korrupten Welt als Ritter ohne Furcht und Tadel die Armen und Schwachen schützt. Es war Chandlers erklärtes Ziel, seiner korrupten Zeit diese ritterliche Figur entgegenzusetzen: »If there were enough like him, I think the world would be a very safe place to live in, and yet not too dull to be worth living in.«[19]

Die Aufklärung eines Falles ist in den »hard-boiled novels« weniger Detektion als Aktion, Aktion gegen eine als korrupt empfundene Gesellschaft. Die Romane

---

(19)* Schlußbemerkung in Chandlers Aufsatz ›The Simple Art of Murder‹. In: Pearls Are A Nuisance (Harmondsworth 1964), S. 199.

verherrlichen die Gestalt und das Rechtsempfinden einer Einzelperson (mit der sich der Leser in seiner politischen und moralischen Überzeugung identifizieren kann). Der Detektiv wird zum Verfechter einer idealisierten Demokratie. Wie leicht er hierbei die Grenze der Selbstgerechtigkeit überschreiten kann, zeigt die Entwicklung dieses Typs von Hammett und Chandler bis zu James Hadley Chase, von der »hard-boiled school« zur »sex-and-crime-novel«.

Diese Phantasiefigur des moralisch und gesellschaftskritisch engagierten Private Eye besitzt viele Bezüge zum archetypischen Helden der amerikanischen Western-Literatur[20]; genaue Kenntnis der Umwelt (aus der Prairie wird die Großstadt), Einsamkeit, physische Härte und Geschicklichkeit im Kampf um das Überleben zeichnen ihn aus.

Allerdings birgt die Schematisierung von Gut und Böse in diesen Romanen Gefahren für einen wenig reflektierenden Leser, da der Typ dieses Detektivhelden allzu leicht zu einer Identifizierung einlädt und die Durchsetzung des Rechtes auf eigene Faust eine zweifelhafte Sache ist. Die meisten Helden der ›harten‹ Fernsehserien sind Abkömmlinge dieses Typs, und auch Ian Flemings James Bond (ein erklärtes »blunt instrument[21] of the state«) ist letztlich nur ein Nachfahre des ritterlichen Philip Marlowe.

Paul G. Buchloh/Jens P. Becker: Der Detektivroman. Studien zur Geschichte und Form der englischen und amerikanischen Detektivliteratur. Wissenschaftliche Buchgesellschaft, Darmstadt 1973, S. 21 f Ausschnitt.

---

(20)* Dies untersuchten die Amerikaner Philip Durham und Leslie A. Fiedler.

(21)* Stumpfer Gegenstand, in (zu) vielen Krimis benützte Mordwaffe.

6. Natascha Spender: [Kompensation von Kindheitseindrücken]

(1977)

[. . .] Seine Mutter hatte sich von seinem trinkenden und gewalttätigen Vater scheiden lassen und nahm den siebenjährigen Sohn mit nach England, um mit ihrer Mutter und Schwester in Dulwich zu leben – in einem Haushalt der Mittelschicht, in dem es mit viktorianischer Korrektheit zuging und wo sie sich wie in Ungnade gefallene arme Verwandte fühlen mußten. [. . .] Seine Lebenserinnerungen machen deutlich, daß man ihn in einem viel zu frühen Alter fühlen ließ, er sei in diesem Frauenhaushalt »der Mann in der Familie«, der seine Mutter vor der moralisierenden Herablassung seiner Tante und Großmutter schützte und gleichzeitig an den Demütigungen, die sie dabei erlitt, teilnahm. [. . .] Er erinnerte sich auch an den rauhen Lebenskampf seiner ersten Ehejahre. Dann folgte ein schneller Aufstieg zu Macht und Reichtum im Ölgeschäft, den er seiner »Zähigkeit« zuschrieb (ein gern gehörtes, lobendes Wort, das möglicherweise aus der Kindheit stammt – »Identifikation mit dem Angreifer« –, denn tatsächlich war er ein empfindliches und nicht sehr kräftiges Kind, immer der nach innen gekehrte Intellektuelle, nie der in der Phantasie vorhandene extrovertierte Typ eines Marlowe). Er erinnerte sich an die Entbehrungen, die Cissy treulich während seiner späten zehnjährigen Lehrlingszeit als Krimi-Schreiber mit ihm teilte, und wieder an die kompromißlose »Zähigkeit«, mit der er die Schurken übertrumpfte und sich auf dem Weg zum Erfolg durch die Korruption und den Flugsand Hollywoods kämpfte, wo er das Vermögen gemacht hatte, auf das er jetzt stolz war, und das er in seinen gegenwärtigen euphorischen Momenten großzügig zu gefährden schien, genau wie er, in seiner Verzweiflung, sein Leben gefährdete.[22] [. . .]

(22)* Chandler hatte nach dem Tod seiner Frau einen Selbstmordversuch unternommen. Natasha Spender lernte ihn bei seinem Londonbesuch 1955 kennen.

In: The World of Raymond Chandler, hrsg. von Miriam Gross. Weidenfeld und Nicolson, London 1977, S. 131 und 133. Ausschnitte. Übersetzt vom Herausgeber.

7. Raymond Chandler: [Eine Methode der Projektion]

(1950)

[. . .] Ich gelte als Schriftsteller der harten Schule, aber das bedeutet nichts. Es ist lediglich eine Methode der Projektion. Persönlich bin ich empfindsam und sogar schüchtern. Zuzeiten bin ich außerordentlich bissig und kämpferisch, zu anderen Zeiten sehr sentimental. Ich bin kein guter Gesellschafter, weil ich mich sehr leicht langweile, und der Durchschnitt scheint mir nie gut genug zu sein, weder bei Menschen noch etwas anderem. [. . .]

Chandler am 10. November 1950 an Hamish Hamilton. In: Chandler über Chandler (s. Anmerkung 1), S. 24. Ausschnitt.

Zeittafel zu Leben und Werk

1888 Raymond Chandler wird in Chicago geboren als Sohn eines amerikanischen Eisenbahningenieurs und einer protestantischen Irin. Kindheit im Mittleren Westen. Der Vater bricht die Ehe und verläßt die Mutter.

1896 Umzug nach England in einen von Frauen bestimmten Verwandtenhaushalt. Am Dulwich College bei London typische Erziehung einer Public School mit klassischen Sprachen als Lehrplanschwerpunkt.

1905 Studienaufenthalte in Paris und München.

1907 Hervorragendes Eingangsexamen für den Staatsdienst bei der Admiralität. Bürotätigkeit, die Chandler zugunsten journalistischer Versuche aufgibt. Buchkritiken und konventionelle, spätromantische Gedichte und Aufsätze reichen nicht zum Lebensunterhalt.

1912 Neuer Anfang in Amerika mit wechselnden Beschäftigungen. Eine Schiffsbekanntschaft bringt ihn nach Los Angeles. Er durchläuft einen für drei Jahre konzipierten Buchhaltungskurs in sechs Wochen. Läßt seine Mutter nach Amerika kommen.

1917 Tritt in die kanadische Armee ein, kämpft in Frankreich, wo er als einziger seiner Gruppe ein Granatfeuer überlebt.

1919 Rückkehr nach Amerika und mehrere Stellungs- und Wohnungswechsel. Lernt bei einer befreundeten Familie die achtzehn Jahre ältere, verheiratete Cissy Pascal kennen.

1924 Tod der Mutter und Heirat. Kommt über Beziehungen ins Ölgeschäft, das durch Bohrungen bei Los Angeles floriert. Als erfolgreicher Geschäftsmann steigt er bis zum Vizepräsidenten der South Basin Oil Company auf. Starker Kontrast zwischen dem gesellschaftlichen, ungehemmten Leben der Kollegen und der Isolierung in seiner Ehe. Alkoholprobleme führen

1932 zu seiner Entlassung. Er arbeitet hart an Erzählungen.

1933 ›Blackmailers Don't Shoot‹ erscheint in ›Black Mask‹. Es folgen 15 weitere Erzählungen für Kriminalmagazine.

1939 Der erste Roman: ›The Big Sleep‹.

1940 ›Farewell, My Lovely‹.

942 ›The High Window‹. Dazwischen weitere Erzählungen.

943 ›The Lady in the Lake‹. Filmgesellschaften in Hollywood bieten ihm hochbezahlte Verträge für Mitarbeit an Drehbüchern.

944 Der Essay ›The Simple Art of Murder‹.

945 Der Essay ›Writers in Hollywood‹ zeigt sein zwiespältiges Verhältnis zur Arbeit in den Filmstudios.

949 ›The Little Sister‹.

953 ›The Long Good-Bye‹.

954 Cissy stirbt. Chandler macht Besuche in England, hat Entzugsprobleme, sucht Freunde.

958 ›Playback‹, der letzte Roman, entstanden aus der Umarbeitung eines nicht verwirklichten Film-Entwurfs.

959 Chandler stirbt in Kalifornien.

Editionen für den Literaturunterricht

Herausgeber: Dietrich Steinbach

Werkausgaben mit Materialienanhang

Bertolt Brecht: Geschichten
(Geschichten · Berichtigungen alter Mythen · Kalendergeschichten Geschichten vom Herrn Keuner Die Wendungen Me-tis)
Texte und Materialien
bearbeitet von D. Steinbach
Klettbuch 3511

Georg Büchner: Dantons Tod
Text und Materialien
bearbeitet von B. J. Warneken
Klettbuch 3512

Georg Büchner: Woyzeck
Text und Materialien
bearbeitet von Th. Kopfermann und H. Stirner
Klettbuch 3516

Raymond Chandler: Zielscheibe · Heißer Wind
Texte und Materialien
bearbeitet von E. Finckh
Klettbuch 3517

Annette von Droste Hülshoff: Die Judenbuche
Text und Materialien
bearbeitet von H. Widhammer
Klettbuch 3518

Johann Wolfgang von Goethe: Die Leiden des jungen Werther
Text und Materialien
bearbeitet von D. Bonz
Klettbuch 3519

Heinrich Heine als politischer Schriftsteller
(Die Nordsee · Über den Denunzianten · Aus: Deutschland – Ein Wintermärchen · Zeitgedichte im „Vorwärts!")
Texte und Materialien
bearbeitet von J. Bark
Klettbuch 3513

Ödön von Horváth: Italienische Nacht
Text und Materialien
bearbeitet von D. Steinbach
Klettbuch 3514

Heinrich von Kleist: Michael Kohlhaas
Text und Materialien
bearbeitet von R. Siegle
Klettbuch 3515

Gotthold Ephraim Lessing: Emilia Galotti
Text und Materialien
bearbeitet von R. Siegle
Klettbuch 3521

Gotthold Ephraim Lessing: Minna von Barnhelm
Text und Materialien
bearbeitet von J. Bark
Klettbuch 3522

Friedrich Schiller: Kabale und Liebe
Text und Materialien
bearbeitet von A. Brunkhorst-Hasenclever
Klettbuch 3523

Friedrich Schiller: Die Räuber
Text und Materialien
bearbeitet von D. Steinbach
Klettbuch 3524

Sturm und Drang · Lyrik
Texte und Materialien
bearbeitet von F. Burckhardt
Klettbuch 3525

Die Reihe wird fortgesetzt

Ernst Klett Stuttgart